Cuentos de una mente frágil

Elliot Kendryek

Copyright 2023

© Elliot Kendryek

Primera edición: mayo 2023

Ilustración de otrosdias

Revisión: Randy García Mejía

Ig: otrosdias

Corrección de estilo: Elliot Kendryek

A la pequeña nina, Ana Karenina:
mi más apreciado ser.

Has pasado por mucho,
y has tenido que aprender a lidiarlo por tu cuenta,
a veces, hasta sin mi apoyo en ello.
Perdón por abandonarte en cada ocasión que me permitía,
siempre estuve ahí, mas no quería pensarlo.
Sigue conmigo, creciendo, que ya has llegado hasta aquí.
Es un logro más. Nos pertenece.

Elliot Kendryek

:p

Llevaba mucho tiempo dejando a un lado mis cuentos. No me sentía capaz.
Pero eso sólo lo decide nadie además de mí. Me cegué.

Gracias a todas esas personas que, con emoción, llegaban a mí diciendo que
mis escritos les había trasmitido algo. Ese es mi mayor objetivo; trasmitir las
sensaciones que he logrado plasmar en papel. Gracias a aquellos que no me
permitieron rendirme hasta ese punto de mi vida, en ningún aspecto. Y a
los que me han ayudado, aunque sea por lapsos, a escapar de aquella
soledad a la que, por mi cuenta, me he impregnado.

:)

CARMESÍ

Un color, había estado surgiendo de mí.

Era espeso, y quería tenerlo a todo momento.

Alrededor de mi vida, sentí el estar apagado, seco, como una manera inexistente de recorrer mi camino. Anhelaba en mí poder deslumbrar aquellos destellantes tonos que ante los demás desbordaba; pero no lograba conseguirlo. Me tenía atrapado en un pesar que anclaba mis pies sobre la misma idea.

El color que finalmente pude conseguir fue el carmesí; viéndose hermoso, escapando de entre mis dedos, y cayendo a manera de gotas por sobre mis piernas. Cuando me di cuenta de lo que esto significaba, ya era demasiado tarde, puesto a que me hallaba sufriendo las consecuencias del desasosiego marcadas en cada extremo de mi piel.

Los brazos me tronaban. Tembló mi espalda, llevando a retorcer mi cuello, y sacudir mi cabeza hasta tensarse, volteando con rigidez a un lado.

Me levanté del piso del baño respirando con lentitud. Me sentía cansado. Con ambos ojos entrecerrados, cohabitando entre la escasez de luz. Con esmero, me acerqué al lavabo y abrí la llave para que el agua surgiera frente mío. Estaba helada. La tomé con mis manos, y me empape el rostro. La sensación surgida fue de ardor, la piel se me escamaba y mis dedos acabaron entumeciéndose con temblor.

«Si intento un acto atroz que concluya a mi tristeza, no habrá quien lo lamente; carezco de toda compasión o cariño de otros, puesto a que, lo he arruinado todo.»

El piso estaba helado, y mis pies descalzos. Notar el frío hasta entonces hizo de mí helarme de inmediato. Temblaba con rudeza. Añoraba la calidez que apenas y recordaba haber obtenido.

El clima desolado de invierno, a punto de chocar con el espíritu navideño, me era detestable. No tenía compañía, ya no más. Quienes me querían optaron por dejarme, y, aunque había estado orgulloso de aquello, ahora sentía que me hundía entre el capricho de tenerlos para evitar acabar en ausencia.

«¿Será esto un castigo por todo el daño que le he ocasionado a quienes alguna vez me quisieron?», pensé. La respuesta era obvia, mis acciones estaban dadas y por más que me lamentara nada de eso iba a cambiar. Le causé daño a las personas que me rodearon, que me estimaron, quienes me trataron como a alguien honorable. Esos a quienes repudié al estar en busca de algo que, con claridad, por mí mismo no supe obtener. Actué tan vil como un ser lleno de egoísmo y rencor lo puede ser, y no me importó. Como bien aprendí del ser humano: uno debe pasar por encima del otro para conseguir armonía con el pueblo.

Como buen humano antipático y exitoso, encontraría mi alegría a costa de eliminar la de otros.

Antes, llegué a considerar que el encontrarme así, sin afección alguna, era una sensación peor que el estar rodeado de gente cuyo único objetivo era el sacar provecho de ti; esos pensamientos ahora me son razón de burla.

Todavía no puedo creer lo mal que en verdad me encontraba.

Si bien, es aquí, en estos momentos, en donde en realidad puedo ser consiente de todos mis errores cometidos por el consumo de una obsesión sin alcanzar como lo es la felicidad, es porque nada más me queda.

Toqué mi rostro, esparciendo el color que continuaba brotando para que este me llenara. La sensación seguía siendo fría, aquello me causaba incomodidad. Quería escuchar sólo el sonido de mi jadeo, pero el agua lo estaba impidiendo. La perilla había estado abierta, no llegué a cerrarla después de enjuagarme la cara. Coloqué ambas manos debajo de aquel líquido, y lo dejé fluir, con suma suavidad, sobre mis palmas, quedando, a los segundos, sumergido en lo absorto de la armonía vista por mis ojos.

El agua que, con constancia caía, comenzaba a irritarme.

Respiré hondo y me traté de calmar, pero dicho sonido cada vez profundizaba más a mis nervios. Con exasperación, tomé la pequeña toalla para manos situada por sobre la pared, tapando el drenaje del lavamanos para así bloquear el paso del agua, y neutralizar un poco el ruido tan desesperante. Aún se seguía escuchando. Traté de taparme ambos oídos con las manos. No funcionó. El dolor provocado aumentaba. Opté por hundir la cabeza en el ovalín con el agua estancada, no vi una mejor solución, debía actuar rápido para parar de perturbar a mis oídos con todo ese maldito estruendo. Pasaron segundos, y por inercia, salí tan agitado del agua como pude. Mi respiración fue afectada, al no aguantar tanto tiempo sin respirar acabé exhausto. Recargué mis manos en el lavabo, intenté calmar la respiración que sostenía, pero, por el peso, éste se movió un poco de su lugar.

A consecuencia y por el piso inundado, yo, resbalé, y de un fuerte impacto en la cabeza perdí la noción.

Desperté con ausencia de aire y terror en los ojos. Se sentían hinchados, señal de haber sido víctima (por una vez más) de mis lágrimas. No sé por cuánto tiempo yacía ya en el suelo, pero sé, que fue el suficiente para que pequeños fragmentos de sueños reaparecieran en mi mente; imágenes recurrentes del pasado que en su tiempo me dejaban por completo abatido. Y, aunque esas sensaciones las había reprimido por un largo tiempo, al parecer, el recuerdo aún prevalecía en mí.

Hubo un tiempo en el que yo era alguien muy callado. Solía ver a los demás convivir cerca mío, deleitando la suave armonía y diversión que se manifestaba. Tan sólo era un niño, deseaba tener ese tipo de amigos. Quería esa diversión, esa felicidad. Yo, en verdad deseaba eso; la sensación de paz que relucían en sus rostros al estar con más gente a su alrededor.

Le temí a la idea de hablarles, yo no era lo suficiente como para complacer aquel contento que se les veía. Tratar de estar con ellos me asustaba por la reacción que pudieran tener conmigo, y, claro, mis problemas con la autoestima no ayudaban. Cuando por fin pude atreverme a tratar con las demás personas —ignorando miedo alguno que me carcomiera— cometí el grave error de elegir mal con quien estar, confiando con plenitud en ellos. Creo, que lo que entonces quería, era el conseguir su aprobación, puesto a que llegué a confundir el ser amable con el ser vulnerable, y bueno, la vulnerabilidad me ganó en todo aspecto.

Fue ahí, donde la pesadilla de todo el mundo observándome se empezó a manifestar. La sensación de ser yo el centro de atención me era agobiante; ese yo siendo tratado como a la mierda; ese yo, siendo tratado como basura, la basura en la que con posteridad me convertiría y no sabría aceptar. Mi miedo al rechazo fue en absoluto abrumador. Recurrían esos malos sueños cuando me sentía solo, haciendo que temiera, con cobardía, a que en verdad sucediera, a que en verdad los demás me apartaran.

La simpleza de mi ser, deseando amistades como las que observaba, fue arrastrándome hasta al punto de querer forzar las cosas.

Cuando en realidad, los demás se burlaban de mí por cualquier mínimo detalle, yo hacía mía esas burlas. «Es la forma en la que ellos me demuestran pertenencia», me quería hacer creer. «No se burlan en realidad de ti», tenía la ridícula certeza para creerlo. Y, aunque sus risas daban efecto a mi acongojo, me creía feliz. Aunque sus sonrisas causaran el brote de un llanto ardoroso contenido en mi pecho, quería creer el que esa sensación era algo lindo. Aunque esto causara un extraño vacío en mí, me hacía a la idea de que sus mismas sonrisas me llenaban. No había quien me pudiera quitar esa idea de la cabeza. Sin importar los malos tratos, aun cuando sólo me utilizaran, yo, me sentía especial.

Tenía esa parte de la atención que necesitaba.

Fue un momento de desesperación en la búsqueda de mi propia felicidad, basándome en la de otros, en el cual dejé que se aprovecharan de mí. En un principio, no vi como problema el satisfacerlos con tal de verles lucir sonrisas en sus rostros, sonrisas, que, por su bella forma, llenaban a mi alma de un profundo enamoramiento a la alegría que no podía poseer.

Saben cómo es ese sentimiento, ¿no? Ver algo, anhelarlo, creer que el tenerlo en posesión te haría estar pleno, completo… pero nunca lo consigues. Como cuando ves en el estante de una tienda una figura coleccionable de tu personaje favorito, pero no traes dinero, al día siguiente, vuelves a pasar ahora sí con el dinero suficiente, pero no con el tiempo para detenerte, y así pasan los días hasta que el muñeco ya no está en el estante, y, al entrar a la tienda para preguntar por él, te dicen que se agotaron.

Así es la felicidad: algo, cuya facilidad para su obtención está en tus manos, pero buscas hasta la más mínima excusa para atrasarlo, y, entonces, al detenerte a pensar qué es lo que ha sucedido, logras darte cuenta de que cada oportunidad que tenías se ha perdido.

De esta manera, fue como yo aprendí que la felicidad se adquiere, sólo, si en verdad la quieres. No basta con creer quererla.

Pues tal cual, en mi caso, perdí tanto tiempo buscando estar con otros, que menosprecié a los que a mi lado estaban. Amargado por no conseguir empatía de quienes me despreciaban, opté por actuar de manera hostil con los que me amaban, y así, poco a poco fui perdiéndolos. Una forma muy imbécil en realidad para terminar en la soledad que desde un principio estaba huyendo.

De cierta forma, acabé odiando a todo ser humano de quien pedía aprobación. Ya no permitía el que se acercaran a mí, que me pidieran favores, que siquiera me saludaran, aunque bueno, siempre odié la acción de saludar o despedirme, ya que es un acto muy corto que gasta el tiempo, y lo tomo como innecesario, es por eso por lo que también se me consideraba descortés. Hasta después de expirar los lazos con cualquier persona, seguí sin saludar a nadie, sólo llegaba sin esperar a que los demás me notaran.

Pasé por muchas cosas que me llevaron a tomar el camino de la desafección hacia el ser más despreciable como lo es el ser humano, o, mejor aún, llamarlo por su naturaleza: egocentrismo.

Otro error que pude haber cometido fue el generalizar ese resentimiento, ya que con tanto odio me volví uno de ellos. Ahora ya no estimaba a nadie, no sé por qué razón no podía, sólo los aborrecía por el simple hecho de estar ahí. Había quienes me querían, y yo trataba como porquería. Al principio no se alejaban, me veían con tal comportamiento y creían que tenía algo mal, o que me sentía mal, por lo que trataban de ayudar. Mi comportamiento hostil en ningún momento los alejó, sino que los hacía apegarse cada vez más a mí. Era ridículo, yo no lo entendía, apegarse a lo que te hace daño era un poco, por no exagerar, risible, y hasta ahora me doy cuenta de que yo era el patético.

Los fui perdiendo por aburrimiento. Llegaron al punto de no querer esforzarse más conmigo, ya que, al no ver un motivo, o cambio alguno, con sencillez se retiraron. Así, mi pesadilla logró hacerse realidad, pero, en esta versión, no era yo al que podría nombrar la víctima.

—¡Vaya basura de mundo! —grité con sumo esfuerzo.

No me molestaría, que de la nada, yo dejara de existir en él, pues aquí tirado en el piso, con las extremidades endurecidas por el frío, el corazón pulsante con velocidad, y la boca expulsando una helada respiración continua, no puedo aspirar a más.

¿Será inoportuno decir, que, a pesar de tanto odio acumulado hacia otros e incluso hacia mí, llegué a añorar todos esos momentos en los que podía estar, con exclusividad, conmigo? Cuando no había nadie alrededor me sentía bien, es decir, me siento bien. Incluso siendo yo, y no más que yo, quien me ha llevado a mí misma destrucción.

Ahora, sé muy bien que mi contento con otros no llegó a ser mi felicidad, pero, estos momentos de calma conmigo mismo han sido de lo más espectaculares.

Mi tranquilidad… ¿será acaso lo más cercano a la felicidad que puedo obtener?

La habitación del baño comenzó a emitir un fuerte, y sofocante calor. Eso, combinado con el gélido del suelo, contrastaba a mi cuerpo cortado, provocando un ligero mareo. Mi frente sudaba, los ojos pesaban, mis dedos congelados, posados en el suelo, llegaban a titubear, hasta que, en mí, recorrió serenidad, limitándome a contemplar el techo con exhausto, ya que no podía moverme.

Quería pararme en ese instante, salir, hacerlo bien esta vez. Quería tener otra oportunidad para sobresalir por mi cuenta, pero, casi al instante de pensarlo, algo en mí decía que no me quedaba el tiempo para realizar cualquier cosa para cambiar mi vida, y, aunque no importaba nada ya, con mi poco aliento me cuestioné:

—¿Por qué, sólo en este instante, pude lograr ser feliz? ¿Cuál fue la equivocación exacta que cometí en mi búsqueda de la felicidad? —murmuré, con las nulas fuerzas de mi aliento.

Claro está que ya sabía las respuestas, más no quería creerlas.

No me quedó, más que esperar a esa que me llevaría al lugar eterno en donde se hallaría mi tortura: pasarla hasta el final de todo, y el principio de nada, con un ser miserable; yo. Yo soy mi castigo porque sin mí no soy nada, y el ser que soy no es algo realmente.

Me es en completo despreciable el tener que lidiar con alguien cuya vida fue arruinada por sí mismo, aunque, bueno, de alguna manera, esa persona fue, y siempre será, la única que se quedó conmigo hasta el final. Ese que no hizo más que fastidiarme, pero que tampoco hizo más que, con simpleza, amarme.

Al final, mi cuerpo quedó postrado sobre el crudo suelo, encima de un bello carmesí brotando, sin rastro alguno de vida, sin esperanza de haberla vivido.

SALTO AL VACÍO

Con ambos pies a la deriva del vacío, el gato, cuya silueta de hombre inmersa en pelaje, confundía al ojo humano. Llegó detrás suyo; y lo incitó a pararse. No sabía qué hacía allí, ni cómo había llegado, pero no le temía a la muerte.

El gato era su amigo, no iban años de conocerse, sólo meses, y, al primer momento de tocar palabras, éste le había jurado protegerle, por lo que el chico no entendía la tentación de la voz del gato a su oído sobre aventar su cuerpo a la penumbra. El gato insistía: «No tengas miedo», le decía al verle titubear ante la idea. Al muchacho no le apetecía levantarse y se lo hizo saber. El gato se burló, «si no quieres hacerlo, ¿por qué lo has pensado en primer lugar?» Eso era cierto, lo había estado pensado todo el rato que tenía viendo hacia el vacío, y aquello era una oportunidad, así que él, ante la voz repetitiva del gato gritando «hazlo», lo hizo.

El chico cerró sus ojos al tacto del viento rosándole el rostro a velocidad de la caída. No sintió nada. Se encontraba sentado a la orilla del risco del cual había creído haberse aventado. A su lado, a la derecha, el gato de pelaje gris también se encontraba sentado, con ambos pies colgando al vacío.

—¿Estás bien? —le preguntó el felino.

No habían intercambiado palabras desde que notaron su estancia en aquella montaña, pues el chico no dejaba de mirar, perdido, a la inmensa oscuridad colocada debajo suyo.

—¿Es tan difícil conocerse a uno mismo? —le preguntó, atónito, mientras en su mirada reflejaba terror.

Había tenido falsas vivencias desde antes de conocer al gatito, ya no ubicaba lo que en verdad le pasaba, ni sabía reconocer que tan real era lo que le estuviese rodeando.

—Depende de cuánta verdad te quieres ocultar —respondió.

—¿Cómo así?

—Verás, los humanos suelen mentir muy a menudo. Mienten al grado de creerse aquella mentira impartida por ustedes mismos.

»Es algo que mi linaje no logra comprender. Ustedes mienten, ocultan. No muestran ni a los que aman cómo es que son en realidad. No lo entendemos, aunque, por desgracia, ese comportamiento lo hemos adaptado.

»Como te dije al conocernos, nosotros no mentimos, no nos

gusta. En cambio, hemos aprendido a guardar. Guardamos palabras y las decimos hasta el momento en el que deben encajar.

—¿Me has guardado palabras?

—Por supuesto, es algo que hacemos por mera cuestión de seguridad, pero yo no miento. Te lo aseguro. Yo estoy aquí porque te quiero y te cuido porque eso debo, pero podría estar mintiéndote. Nunca hallarías la verdad de cada ser ya que es difícil saber en qué están pensando. Aun así, yo no puedo mentir.

—¿Cómo sabré que no estás mintiendo?

—No lo sabrás, sólo tendrás que confiar.

—¿En ti?

—No, en ti. La confianza debe ser hacia esa parte de ti que confía en mí, y para eso, regresamos a tu pregunta. Debes poder abrir cada pensamiento sin ocultarte nada, y, en ese momento, lo sabrás. Sabrás que te conoces y que fui, con cada uno de mis íntegros bigotes, alguien sincero.

—¿Por qué me has traído aquí?

—No lo hice, yo te seguí, y tú nos trajiste.

—¿Por qué haría eso?

El gato no respondió, sólo levantó los hombros a señal de no tener idea.

—No recuerdo haber caminado hacia aquí.

—Eso es porque no estás despierto.

—¿Esto no es real?

—Sí que lo es, porque nos has traído. Tú eres quien está haciendo esto real.

—Pero es un sueño.

—No como tal. No estás despierto, pero has creado el lugar. Yo te veo, tú me ves, no hay manera de que esto no sea real.

—Pero no estamos aquí.

—Lo estamos, tú nos has traído.

—¿Deberíamos irnos ya?

—Sólo si en verdad lo deseas.

—No, aún no es momento. Quedémonos un rato más.

HILO Y AGUJA

Mi madre, cuando yo era pequeña, me ayudaba a insertar el hilo dentro del agujero que tenía la aguja.

Su vista se fue debilitando con el pasar de los años, a la par en la que yo crecía. Comenzó a utilizar lentes para cuando yo apenas aprendía a leer. Fui muy joven cuando su salud cedió al descanso. Aprendí a valerme por mí misma, sin ayuda, y, de igual forma, también aprendí que yo sola debía cuidar de mi madre. Al principio, ella me pedía ayuda con cosas muy simples: "pásame esto", "ayúdame a levantarme", "¿qué dice ahí?", "¿puedes leerme?". Después, comenzó con gritos a exigirme. Debía de estar para ella, para cuidarla: yo limpiaba la casa; la ayudaba a levantarse al baño; la sentaba en la sala; le pasaba papel; lavaba su cabello; la bañaba; secaba sus oídos; le ponía sus gotas; contabilizaba la medicina; cocinaba; trapeaba; la limpiaba después de haber ido al baño… Yo estaba allí, le ayudaba. Fui consciente de que sus fuerzas eran nulas, y que las molestias que tenía iban en aumento.

Antes, puedo jurar el recuerdo de que no me levantaba, ni por segundos, la voz. Yo podía hacer travesuras, como cualquier niña pequeña, y no ser reprendida. Su tono era suave, me veía con calma. Ayudaba siempre a entender el porqué de una acción, o el por qué algo debía hacerse de forma diferente. Su enojo vino después, acompañando a su dolor. Me llegué a enfadar bastante con ella, le devolvía los gritos. A veces, con esto ella se molestaba, y me hacía frente, otras, sólo lograba ponerse triste, y silenciaba por horas. Hasta cierto punto, la gente podría decir que ya no hacíamos más que detestarnos, pero yo la amaba.

Hubo muchísimas cosas que ella hizo los primeros años de mi vida, cosas, que, en su momento, yo tuve el gusto de devolverle.

Éramos mi madre y yo. Siempre fue así. No supe nada acerca de un padre, y mi madre no sabía nada de su madre. No había más familia que nosotras dos. De niña, eso no me tenía tan preocupada. Me encantaba pasarla a su lado, y saber que, de igual forma, ella disfrutaba de estar conmigo. Con la compañía de la otra nos bastaba.

Crecí, y lo que la gente murmuraba a mis alrededores, fijaba con detenimiento a mi atención. Ellos insultaban a mi madre, hablaban de ella, suponían cosas sin siquiera haberle dirigido ni una sola palabra. La despreciaban. Y yo la veía tan frágil al respecto. Entonces la defendía, tomaba aquellos insultos también hacía mí y daba acción de ello. Me hervía la sangre que creyeran que podían tratarla tan mal, sin recibir nada a cambio. Para mí, toda mi vida era mi madre. Pero seguí creciendo.

Sacaba notas arriba del ocho, cinco. No era alguien muy sobresaliente en los estudios, aunque tampoco me agradaba la idea de tener alguna calificación abajo del promedio. En eso gastaba el tiempo además de mi madre. Nadie en la escuela me hablaba, más bien, creo que yo era quien se alejaba por el miedo a que pudieran preguntar algo sobre mi familia. Dejé que las cosas pasaran así; apartándome de los demás para que no nos insultaran a mí o a mi madre. Decidí cambiar todo eso cuando pasé a la preparatoria. Quería hacer amigos, y esa era mi oportunidad, puesto a que sería gente nueva. Hablé con los de mí salón desde el primer día, parecían personas en verdad agradables. Fui su amiga. Empezaban a incluirme en sus planes, salía más. La alegría que estas personas me daban era algo que nunca me había podido imaginar. Yo reía, escuchaba a los otros hablar de sí mismos, de lo que hacían, oía chistes, chismes, oía opiniones diversas de lo que veía cada día.

Todo era grandioso.

Lo malo fue que aquello me duró muy poco tiempo.

A principios de año se suspendieron las clases. Era marzo, la tercera semana de marzo, lo recuerdo bien. Toda aquella semana el silencio de la calle fue perpetuo. Los noticieros hablaban, pero la gente lo susurraba. Se aproximaba una especie de gripe cien veces más peligrosa a la que ya conocíamos. Provenía de china. Los rumores eran dispersos: que alguien comió un animal enfermo, que el virus fue creado por el gobierno, que ahora habían *zombies* atacando los países asiáticos, que se trataba de un catarro, que la gente estaba muriendo como moscas en el frío, que nadie se estaba muriendo, que en realidad fueron varios animales enfermos los que atacaron a las personas. Nadie quería creer una sola cosa en ese momento.

Llegó el jueves. En la escuela todos se preguntaban el por qué no nos mandaban a casa si ya todo estaba cerrando como el gobierno dictó que debían de hacer. Preguntaban entre sí qué se haría si tendríamos que estar en casa unos días, o si en realidad nos mandarían a casa.

Un profesor no impartió su clase, al contrario, nos sentó cerca a los pocos que habíamos entrado al salón y comenzó a explicarnos su versión de los hechos, concluyendo con que después del puente que tendríamos de suspensión, no volveríamos a la escuela el miércoles para tomar clases. Era importante quedarnos en casa y salir lo menos posible para evitar contagios.

Regresé a casa tan frustrada por escuchar la noticia. Apenas había conseguido amistades con las cuales convivir tan aparte de mi casa, y ahora, nadie podía salir de allí ni por un rato. Lo dejé pasar, pensé que tal vez, todo eso no duraría mucho.

Los días pasaron, y se hicieron semanas. Se aproximaban las vacaciones de semana santa. Una festividad que, así como muchos no le prestan atención, también hay quienes le arman escándalo. Desconozco bien el motivo por el cuál es un festejo, pero aquello hacía, ya, unas muy largas vacaciones imprevistas, unidas al puente del natalicio de Benito Juárez.

A inicios de julio, mi ciudad se encontraba en semáforo amarillo, es decir que las cosas en ese momento no iban tan mal. Mis amigos organizaron entonces una reunión para podernos ver, hacía mucho que no lo hacíamos. Nos extrañábamos demasiado. Estaba muy animada y decidida por ir. Le comenté a mi madre sobre la reunión, ella me lo negó: "¿No estás viendo lo peligroso que es?". Me reprochó a gritos. No creí que podría ponerse así por mi petición. "¡Pero irán todos! ¡Tengo que ir! Nosotras no estamos enfermas, y ellos han dicho que tampoco lo están, sólo será por esta ocasión. No te pongas así, ¡déjame ir!", le insistí, en verdad quería ir con ellos. Mi madre me lo siguió negando: "¿En verdad que tienes en la cabeza? Estás mal, mija, ¿cómo tan siquiera piensas que salir a una fiesta está bien con la cantidad de muertos que hay? ¿Por qué no piensas ni un poco? No deberías ser tan egoísta, niña".

Su última palabra fue no dejarme ir, pero mi decisión seguía en las mismas.

Salí entonces de mi casa a hurtadillas, aun cuando todo el mundo estaba preocupado por lo que estaba sucediendo. Salí por pura diversión, lo admito, quería ver si podía distraerme de todo el enojo que obtuve con mi madre. No pensé en nada más que en pasármela bien con mis amigos de la preparatoria. No pensé, eso es todo. Nada pasaba por mi cabeza en ese momento. No pensé en lo que podía pasar, a mí o a mi madre.

Yo, lo único que quería, era el no escucharla más en ese día. Sólo, durante ese día.

En medio de la fiesta me comencé a sentir mal. Era remordimiento lo que revolvía a mi estómago. Esto no estaba bien, jamás me había molestado así con mi madre, no podía hacerle algo así por un berrinche tan infantil. Me fui del lugar sin decirle a nadie, y llegué a mi casa lo más rápido que pude.

Nunca me sentí mal, no había estado cerca de los demás dentro de esa fiesta según recordaba. No bebí en vasos extraños, llevé cubrebocas. Pero eso no fue suficiente.

Mamá enfermó después de unos días de la pelea. Fue mi culpa. Se le veía muy mal a las semanas, y esto no hacía más que empeorar el cómo ya se encontraba desde antes. Sospeché de lo que se podría tratar, se lo comenté entre lágrimas mientras que el aire se me iba de la angustia. Era mi culpa. Yo lo había ocasionado. Yo lo había hecho. ¡Si algo pasaba iba a ser por mi maldita culpa!

"Llamaré a emergencias", le dije al segundo de comentarle el porqué de la decadencia tan repentina de su salud. "No", me detuvo. "Tranquila, fue un error, pudo pasar de muchas formas por cómo está el mundo ahora", se escuchaba tan tranquila, hasta me sonrió. Tenía años que ella no sonreía de esa forma al dirigir su palabra hacia mí, años, que no veía sus ojos tan calmosos sonreír también. "Pero, no, si no los llamo podrías empeorar, te podría pasar algo, y yo, yo no puedo con eso, mamá, yo te necesito conmigo", ella no me dejó terminar lo que decía, "Tranquila, tú puedes estar sin mí, sin cuidar de mí, pero no es culpa tuya, mi cielo, es algo que iba a pasar de cualquier forma. No le llames a nadie, no hay una cura. Nadie me va a curar nada. Voy a estar sola en el suelo del hospital esperando a morir si me lleva una ambulancia. Y no quiero morir sola, deja que me quede aquí". "Pero mamá, en el hospital te pueden cuidar, te pueden, dar medicinas, dar suero, oxigeno, ahí estarías bien y te recuperarás de esta gripe tan tonta, sólo tienes que", agarré mi celular, y mi madre puso su mano encima: "no quiero morir sola, por favor, no dejes que me lleven al hospital".

Mi madre, cuando yo era pequeña, me ayudaba a insertar el hilo dentro del agujero que tenía la aguja. Con la vejez, ella fue perdiendo la vista con el pasar de los días, por eso, años después, yo le ayudaba a insertar aquel hilo tan delgadito dentro del agujero que tenía la aguja. Así pasó con muchas cosas. Mi madre, cuando aún estaba aquí, recibió con gusto mis primeras palabras al nacer. Con el pasar de los años, fui yo, quien, por desgracia, la escuché pronunciar sus últimas.

Elliot Kendryek

NO DEBO VIVIR EN TI

No va mucho tiempo ya desde que mi esposa me dejó. Tránsito en un vacío de recuerdos en los que la protagonista es su sonrisa, me atormento al pensar en ello. De alguna forma, llego a sentir el calor de su cariño en las brasas de su remembranza, como si aún estuviera a mi lado. Lo anhelo más que nada; sentir su palpitante corazón en calma, cada que pegaba su cuerpo contra el mío; acariciar su liso y suave cabello; susurrar con cautela a su oído la promesa de que todo estará bien, cada que sus lágrimas se derramaban. Pero, al notar la escasez de su presencia, desespero, caigo en la realidad y la culpa emane.

De joven, trabajé de vendedor en una agencia de autos. Era algo temporal. Yo no había estudiado algo relacionado a ventas o autos, pero ahí estaba. Charlie, mi aún gran amigo, insistió tanto en trabajar cuando saliéramos de la universidad que accedí casi al instante cuando encontró estos dos empleos en vacante, en donde teníamos que estar desde medio día, y el turno, finalizaba al anuncio del sol a la noche, ocultando su radiante ser.

Fue un día de soso trabajo cuando la conocí. En la mañana, el lugar desierto nos recibió a Charlie y a mí. Decidí aprovechar la situación para limpiar el gran cristal que mostraba a los coches, y hacia dentro del lugar. Limpié una, dos veces, y el tiempo no avanzaba, limpié por tercera, cuarta vez, me quedó tan limpió que no parecía haber cristal. Charlie aprovechó para limpiar el piso. Todo quedó tan reluciente y fresco. Nuestro supervisor, en esta ocasión también se aburría. Mencionó que no había nada nuevo ni relevante por hacer. Al no tener deberes, optamos los tres por sentarnos en los sofás de espera, y, sin emitir palabra alguna, nos aburrimos sin más. Al poco rato, Charlie se recostó con los pies hacia arriba, y la cabeza colgando a la orilla del sillón, de esa manera, dejó caer sus brazos. Me divirtió su postura, por lo que decidí imitarlo.

Ya ambos de cabeza, con las ideas revueltas, decidimos charlar un poco. Nos conocíamos de toda la vida. Él soñaba mucho, le encantaba involucrarme en sus ideas de fantasía. Me fascinaba escucharlo. Sus planes para mí, en lo personal, sonaban demasiado irreales. Más que una posibilidad, lo dejaba en una idea vaga en la que no podía creer al cien por ciento. Charlie me deseaba un buen sueño el cual seguir, algo bello para presenciar, y, en aquel día, por suerte, o quizás el destino, no sé, de alguna forma lo consiguió.

—¿Creerías que, en este día tan desdichado, la única presencia que se apareciera, fuera tu único y verdadero gran amor cruzando la puerta de esta agencia?

—No creería siquiera en que hubiera un «verdadero amor» para mí —le respondí.

De cierta forma, me daba igual tener o no a alguien, pero Charlie lo planteaba de una manera tan fantástica que comenzaba a hacer dudar mi opinión respecto al tema.

Él volteó a verme y continuó.

—Yo sé que el amor de tu vida cruzará, como si nada, ese muro de indiferencia que te has construido —soltó una pequeña risa al final.

«Como si nada», es verdad que eso no lo entendí por completo. Las cosas no podían ser tan sencillas, pero claro, tampoco le tomé mucha importancia.

—Por supuesto, Charlie, y el mundo se teñirá de rosa, con pétalos cayendo a manera de lluvia, inundándonos de tierna felicidad mientras que nos tomamos de las manos cuando aquel «muro» desaparezca —reproché.

Charlie se sentó bien en su asiento, y rio de nuevo.

—Si eso pasa, Luisito, te aseguro que ni notaras lo ridículo que sería, pues tu mirada sólo estará situada en el bello brillo que los ojos de tu amada emitirán al verte igual. Eso, mi estimado, será tu ilusión.

La platica terminó ahí. Ambos volvimos a perder el tiempo con otros temas. Inclusive, llegó un punto en el jefe se unió con gozo a nuestras bromas. Pasó rápido la tarde a partir de ese momento, y, aunque no se volvió a mencionar nada durante día, lo único que mantengo en recuerdo es la condena de ilusión que Charlie me había otorgado.

El clima se volvió un tanto frío, y, por las nubes lluviosas, poco tardó para que anocheciera. Faltaban unos cuantos minutos para poder retirarnos, esperábamos a que la lluvia cesara para entonces.

Una chica, en lo insólito del día, se cruzó con mi mirada. Se hallaba, quieta, en la parada de camiones frente a mi trabajo. Era delgada, su ropa grande. Una playera amarilla y un overol de mezclilla era todo lo que le cubría del frío. Me fue sorprendente el que no se abrigara con algo más. Daba la impresión de estar esperando alguna ruta, pero, al pasar unos minutos, la noté ignorar cada uno de los camiones que pasaban frente suyo. Quedé quieto a su par sin saber lo que pasaba. Charlie y el jefe me observaban, yo la observaba a ella, y ella, ¿qué era lo que en realidad veía?

Eso no dejaba de cruzar por mi mente.

La verdad es que no lo pensé mucho. En un impulso, tomé el paraguas del jefe que estaba en la entrada, y corrí hacia la parada de autobuses.

Mirada perdida y ojos repletos de melancolía. La expresión sin fuego que le emanaba hizo de mí, palpitar el corazón que mantenía en resguardo. Fui conmovido al instante por las gotas de llanto exigiendo salvación, cayendo sobre sus lisos pómulos. Y, lo más peculiar, era el que su belleza, entre toda esa desdicha, no parecía verse opacada, sino, que por el contrario, resaltaba de una manera impropia cada una de sus facciones: ojos pequeños cristalizados, nariz y mejillas enrojecidas semejando a su rostro como al de un roedor, la piel le lucía pálida a consecuencia del frío, su boca pequeña resaltaba a esos labios partidos, y su cabellera larga, en extremo lacia, de un negro profundo, ausencia total de color y vida, caía sobre sus hombros.

Recuerdo verla destellar con belleza en aquella tarde helada de lluvia.

A su lado, no podía evitar mirarla. Extraño fue el que ella no notara mi presencia una vez estando allí. Me sentí incomodo, claro está, por lo que decidí ver hacia enfrente, abrí el paraguas y simulé estar esperando alguna ruta del camión.

No comprendía lo que estaba tratando de hacer. Soy muy tímido, no acostumbro a hablarle a gente nueva. Los nervios comenzaban a surgir sin saber qué hacer. El viento se manifestó con furia. Mi paraguas se volteó, sentí gran vergüenza, pero a mi fortuna, eso logró el que su mirada se fijara en mí. Al ver lo que estaba sucediendo, ella rio.

Quedé, con una mayor fascinación, al escuchar el sonido de su alegría, que al notar su figura desolada.

Sonido que, por desgracia, jamás volveré a escuchar.

El viento seguía, mientras que su cabello volaba por todo su rostro. El paraguas se quería escapar de mis manos, lo cual consiguió a los segundos. La preocupación llegó; ahora le debía uno igual a mi jefe. Quien era probable que junto a Charlie estuviera presenciando toda la escena a la perfección desde el gran cristal de la agencia.

Decidí presentarme, romper el hielo. Extendí la mano diciendo mi nombre, y ella señaló atrás mío, mencionando lo del paraguas yéndose. Mostré una cara de pena cuando volteé a verlo, ella volvió a reír.

Con el melódico dulce auditivo de su tenue voz algodonada, ella, me presentó su nombre.

—Lilia, ¿cómo los lirios? —fue automática mi respuesta. En la preparatoria había estado en un taller de jardinería, por lo que, al escucharlo, me pareció bellísimo el nombre. El significado que posee alucia a su encanto—. Aquel lirio representando el poder de algún Dios, no se ha de comparar con la divinidad de tu ser —bien recuerdo esas palabras pretenciosas que le dirigí sin siquiera conocerla, justo después de comentarle sobre el taller impartido que tomé en mi época de estudiante. Vergüenza es tan sólo acordarse.

—Divino ha de ser, reflejo de egoísmo. Eso que te recalcas en superioridad, no es más que palabras escuchadas de tus mismos demonios esperando anuncio de deseos inmorales para predominar ante otros —respondió casi al instante. Creí haber arruinado algo, pero prosiguió—. Aunque, de alguna forma, ha de llegarse el punto en el que darse méritos para sentirse bien, está bien, ¿no? —seguido de eso soltó una pequeña risa desasosegada—. En realidad, creo en el no creer que estar bien es lo que puede estar bien. Sé que si hay algo que te gratifica debes sentirte beneficiado, pero con comportamiento resaltante de ese bienestar, puede que los demás te crean odioso. Ser odioso es sinónimo de repulsión, en ese caso, ser beneficiado es ser repulsivo. Entonces, ¿qué se debe hacer para sentirse bien si a los otros no les gusta que demuestres aquello? —en verdad que no supe responderle a Lilia en esos momentos. Sus palabras se me fueron confusas al instante.

—No se debe hacer nada, sólo debes serlo y ya —si bien esas palabras fueron muy simples ante lo que me preguntaba, para ella se vieron gratificantes, pues después de escucharme, ella levantó la mirada y su rostro se relajó.

—¿Crees que estar bien está bien? —preguntó.

Mis creencias no suelen ser tan flamantes, pero ante ese rostro preocupado, no podía limitarme a ser negativo.

—Claro —fue a lo que sí me limité a responder con una sincera sonrisa en mi rostro. Ella, también sonrío, iluminando aquella aura de agobio.

Le pregunté a Lilia si iba a algún lado, ya que comenzaba a oscurecer más y pronto el frío sería tormenta, me respondió que no tenía en mente algún lugar. Me ofrecí a acompañarla a su casa y aceptó sin problema, recuerdo que ese lapso estuvo lleno de preguntas un tanto revueltas como las primeras que realizó, y yo sólo daba respuestas sencillas que de alguna forma la calmaban. En ese momento, supuse que aquella señorita siempre iba a tener algo que preguntar, en verdad no me equivocaba.

De camino también intercambiamos contactos y después, yo me retiré a mi casa. Al día siguiente, Charlie no paraba de llamarme, sabía que me quería molestar al respecto, o decirme «te lo dije», por lo que no le respondí. Lo que sí hice fue llamarle a Lilia. Salimos, platicamos todo el día y al otro día igual la vi. Llegó el lunes. Charlie me acorraló para un interrogatorio en el trabajo, y me dijo, con claridad, a la cara «te lo dije» como yo ya lo había pensado. El jefe se acercó, pero no me reclamó del paraguas, mi entretenimiento lo pagó, o eso fue lo que me dijo antes de preguntarme si la chica de hace unos días había sido por fin mi «ilusión». Charlie también me lo había preguntado, mi respuesta desbordó más de lo que esperaba. Ambos rieron y lo confirmaron, pues, yo no me di cuenta de lo ridículo que soné al contarles lo encantado que quedé con ella. Ahí, mi ilusión proclamada por Charlie ya había comenzado. Ilusión de la que nunca me arrepentí; haber caído en su singularidad fue, en efecto, lo mejor en lo que pude haber caído.

Han pasado trece años desde ese día, y desde que conocí a Lilia, nunca dejé de sorprenderme. Todo lo que decía y como lo decía me era nuevo, y lo mejor es que me confiaba el responder a sus dudas. Al poco tiempo se la presenté a Charlie, comenzamos a salir más y a tener una relación estable. Ella era dos años menor que yo, estaba estudiando gastronomía, un buen don la llevaba a la grandeza en ese campo. Con el tiempo noté lo menospreciada que era por sus familiares y compañeros, por el talento culinario con el que sobresalía. Su familia, sin excepción, tiraban cada cosa que Lilia hacía sin siquiera probarlo, le decían presumida o que sólo desperdiciaba la comida haciendo un desastre. Le habían hecho creer que la molesta era ella y eso a Lilia le provocaba ser muy reservada con otros. Al involucrarme en su vida, traté de hacerle ver lo talentosa y excepcional que era cada que lo demostraba; la integré con mi familia y círculo de amigo, aunque en este último no eran muchos. Estaba seguro en ese entonces, que ella llegó a mi vida para alegrarla, aunque no hubiera infortunio que alegrar.

En una ocasión, harto de los comentarios, le hice frente a su familia. En cara, dije lo horribles que eran sus comentarios y actitudes con Lilia, mi fin era que se disculparan, para nada lo logré. No fue de sorpresa que después de eso la corrieran, sin tacto alguno, de su casa. Lilia lloró mucho, no por el hecho de que su familia decidiera deshacerse de ella, sino, porque no quería que me sintiera culpable sobre ese acontecimiento. Como yo ya era independiente en esos momentos, mi solución rápida fue invitarla a vivir conmigo. Grato fue que nos supiéramos coordinar al vivir juntos. Disfrutaba de su compañía y la conocí aún mejor así. Lilia y yo siempre teníamos de que hablar y ambos aportábamos dinero a la casa. Ella era como una niña pequeña a la que, de vez en cuando, debía cuidar; se distraía mucho, jugaba con cualquier cosa, horneaba los mejores postres y lloraba demasiado. Una extensa tristeza había en su interior, que se manifestaba con motivos reencontrados, aunque ella nunca los mencionaba a fondo.

Jamás se me fue molesto estar con ella, consolar sus lágrimas daba una tenue tranquilidad en el ambiente.

A los seis años de conocernos, tomé la decisión de desposarla con algo sencillo. Compré su helado favorito y lo puse en el congelador. Cuando llegó, le mencioné lo del helado y lo sacó emocionada como la niña que era. En la tapa había una notita que decía «Te amo», leerlo la puso muy feliz. Tomé dos pequeñas copas y me senté junto a ella. El anillo estaba adentro, en la superficie del helado, por lo que me fui arrodillando al mismo tiempo en el que ella lo abría. Nos casamos ocho meses después de eso, nada ostentoso.

Lilia fue el mejor sueño que jamás tuve, que se hizo realidad.

El día siguiente a su cumpleaños número treinta y cinco la

encontré. Había tomado la cuchilla de un rastrillo y se posó en la bañera. Todo el antebrazo izquierdo lucía una gran y limpia cortada. Traía su playera favorita, negra y sin estampado, la cual, con anterioridad, era mía; una trusa blanca de flores pequeñas y se encontraba descalza. Todavía no lo entiendo, el día anterior parecía haber sido uno de los mejores, desprendía una luz que cegaba, repleta de regocijo, tenía ya amigos propios, mi familia la consideraba uno de nosotros y de todas formas tomó la decisión de irse. Debió ser un impulso y yo no estuve ahí para ayudarla.

Ahora entiendo las palabras que me dirigió al acabar la noche de su cumpleaños:

«No me es importante aspirar a tener un restaurante, no me es importante aspirar a ser alguien reconocido por un don, eso no es nada cuando ya te tengo a ti, Luis. Tú eres lo importante aquí, el gran y único delirio en mi vida que con gusto tomé.»

Pienso que esa fue su despedida, lo comentó ante todos con una copa vacía en mano, tal vez eso también fue simbólico para ella.

Todos me dicen que siga adelante, ¿cómo hacerlo? No me faltaba nada antes de la aparición de Lilia en mi camino, pero al irse, todo, sin excepción, me falta.

Acostado junto al vacío de la cama, seguí recordándola, viendo mi anillo. Después de un rato, cayó a mi mente que su anillo no lo traía puesto cuando la encontré… ¿Dónde lo pudo haber dejado? ¿Se le habrá caído? ¿Por qué se lo quitó?

Lilia siempre planeaba las cosas, pero era un tanto impredecible. Me di a la tarea de buscarlo, mínimo para despejar mi mente. Debajo de la cama eché un vistazo, debajo de la almohada, del tocador. Abrí cada uno de sus cajones y tiré todo lo de adentro. Una pequeña nota salió volando entre las cosas:

«Sabía que tirarías todo… si buscas mi anillo, está donde desde un principio lo obtuve». Lo primero que pensé fue en la joyería, algo burlo pues yo lo compré ahí, no ella, por lo que mi segunda opción fue asomarme al congelador. Todo parecía normal, sólo un bote de helado oreo, su favorito. Lo tomé, en la tapa había otra nota diciendo: «también te amo». Las lágrimas volvieron a surgir junto con una sonrisa algo torcida por dolor. El bote estaba sin helado, se podía saber puesto a que no pesaba nada; pude haberlo tirado si siguiera afligido y distraído. Abrí el envase, un papel doblado en cuatro partes color melón, y el anillo, se encontraban ahí. Con rapidez tomé la carta, quería ver qué fue lo último que me dejó, por lo que procedí a leerla sentado en el piso de la cocina.

—Luis, si estás aquí, es porque confié en que sabías encontrarme, tal y como lo hiciste la primera vez. Y si no, esto estará en la basura y tú, bueno, tú estarías muy destrozado, prefiero no pensar en eso…

»Me hiciste vivir de la mejor forma en la que pude haber vivido, me alegraste, me salvaste y te estaré agradecida todo lo que me reste de vida… Yo, quiero que sepas, bueno, más bien hacerte saber que siempre has sido tú. Así que, por favor, ten por seguro que hasta el último momento fuiste tú, y no más que tú, quien rondaba en mi mente transmitiéndome calidez y tranquilidad.

»Yo hasta aquí llegué, no debo explicaciones, lo siento, pero sí una despedida. Mi tiempo ha de acabar ahora, mis recuerdos desmoronaran una vez que tú leas esto.

»Nunca te comenté que, en aquel día, en el que te dirigiste a mí en una parada de autobuses, tenía planeado el final; me aventaría a cualquier transporte en movimiento que pasara enfrente mío. Pero, de alguna forma esperaba algo más en mi vida, una señal para no hacerlo. Esa señal fuiste tú, interviniste, llegaste con un paraguas y este voló… la sonrisa que surgió en ese instante me hizo pensar que tal vez podría, por tan sólo un momento, sonreír poco más contigo.

»Espero me perdones, no debí hacerte eso, no debí aparecer en tu vida, pero la ilusión de vivir una última etapa de mi vida a tu lado se manifestó, y decidí tomarla.

»Aún te amo, no hiciste nada malo.

»No me llevo el anillo para no atarte. Tienes más vida de la que yo te podría otorgar y quiero que la vivas sin mí, ni mis recuerdos persiguiéndote. Libérate de esta ilusión, has algo más que cuidar a una persona triste, has de tu vida lo que hiciste de la mía, hazla algo meramente feliz».

Elliot Kendryek

DIARIOS

El suceso no rebasaba la hora, pero en efecto, el pequeño ya había fallecido. Ambos padres estuvieron presentes cuando esto recién sucedió, quedando perplejos ante el cuerpo. Aún, se podía ver como la paz recorría a sus reducidos huesos, cuando entre sangre, agonizaba del dolor. Ellos no hicieron nada, no podían. La herida desgarró por completo a sus órganos, que no había forma de salvarlo.

Fue inimaginable para los oficiales el encontrarse ante esa desapacible imagen. Aquella noche, al recibir una simple llamada de queja a causa de una discusión, planearon sermonear a la pareja para que al terminar cada uno se dirigiera con tranquilidad hacia sus respectivas casas, pero eso no ocurrió así. Cuando llegaron ya era tarde y el ambiente pesaba, como si sus gritos de ayuda retumbaran en la conciencia de todos los presentes.

—¡Todo es culpa de Silvia! ¡Nada de esto sería así a no ser por ella! —gritó Rogelio y caminó enfurecido hacia ella cuando vio a la policía ya dentro del departamento.

Un subordinado al instante lo detuvo de los hombros.

Silvia seguía perpleja sin saber reaccionar ante lo sucedido. No emitía palabras, ni siquiera volteó a ver a Rogelio cuando este le estaba gritando, parecía estar, por completo, inmersa en sus pensamientos.

—Debes calmarte, no necesitamos más líos —le dijo el subordinado que detuvo de sus impulsos a Rogelio.

—¡¿Cómo me voy a calmar si ella lo ocasionó todo?! —veía a cada uno de los que se encontraban en ese lugar, por otro lado, el muchacho le colocaba las esposas —¡Ella lo torturaba! ¡Lo agredía! ¡Fue ella quien lo destruyó! Fue… ella —su voz se cortaba—… ella lo destruyó —desplomó en el suelo de rodillas repleto de lágrimas al terminar la oración. Se notaba tan clara la ira en sus ojos irritados y la boca entre titubeo le denotaba abatimiento.

—Señor, cálmese, nosotros ya definiremos al culpable, entre tanto, ambos nos tendrán que acompañar por igual —dijo Ignacio, el jefe de policía.

Rogelio levantó la mirada justo cuando se iba a levantar, él había recordado algo.

—¡El cuaderno!

—¿Qué cuaderno?

—¡El cuaderno del niño! ¡Deben tenerlo! ¡Es importante!

—¿Por qué es importante un cuaderno?

—Sólo tómenlo, está en un canasto en el cuarto del fondo.

Uno de los policías fue a buscar dicho cuaderno, no parecía ser fuera de lo común, pero este contenía evidencia vista desde la perspectiva del pequeño sobre lo acontecido a su alrededor, en pocas palabras, eran sus penas escritas en papel.

—¿Para qué necesitaríamos esto? —preguntó el sujeto que fue a buscarlo.

—¡Léanlo! ¡Sólo léanlo! ¡Abran ese cuaderno! —gritó Rogelio con desesperación cuando el subordinado lo alejaba de la escena sujetándolo firme del brazo.

Ignacio tomó extrañado dicho cuaderno, parecía ser un diario, no se equivocaba, eso era. Llevó a todos a la comisaria para seguir con el caso, no quiso continuar faltándole el respeto al cuerpo de Deni al crear todo un espectáculo ante él.

Intentó interrogar primero a la madre, parecía estar más serena. No hubo respuestas de su parte, pues no quería hablar. Seguía viéndose distraída, como si la muerte de su hijo en verdad le estuviese afectando, pero por el testimonio de Rogelio, el oficial no podía confiar en la tristeza de la señora. Entonces, se dirigió a donde Rogelio, quien estaba en otro cuarto de interrogatorio. Él se negó a contestar, no quería decir algo al respecto sin antes saber que Ignacio ya había leído por completo lo del cuaderno. Ignacio, irritado, se sentó en su oficina y lo abrió en una página al azar, casi al instante volvió a llamar al interrogatorio a Silvia.

—Va a tener que escuchar esto, señora, su esposo la culpa de lo sucedido y adjuntó como pruebas este cuaderno del pequeño en donde fue narrando lo que llegó a vivir con ustedes.

El pavor expresado por Silvia fue en completo genuino al escuchar a Ignacio. Sabía lo que había hecho, sabía bien lo malo de sus acciones. El miedo a que eso saliera a la luz la carcomía. Estaba sintiendo el pesar de todas sus acciones en un solo momento. No se podía arrepentir ahora, no tenía a quién pedirle disculpas, esa mujer era culpable de ser una horrible persona.

—Puede que lo que lea en esas páginas revelen todo su sufrimiento, pero oficial, yo no fui quien sostuvo el arma, yo no soy la culpable —dijo con cierta aflicción.

Ignacio no sabía si creerle, le pidió que lo dejara leer lo que el testimonio del niño tenía para aportar, Silvia con trabajo lo aceptó, la culpa le consumía, pero quería saber por qué fue que Deni hizo lo ocurrido.

Querido diario.   *4/06/11*

Hoy papá me regaló este cuaderno. Es naranja y tiene un listón. Se parece a los que él usa en el trabajo, me hace sentir importante. Me pone feliz escribir aquí, dice que es para expresar lo que siento, si estoy enojado, triste o feliz lo ponga aquí. ¡Eso es lo que haré!

Querido diario.   *5/06/11*

Segundo día escribiendo aquí. Espero no se me olvide hacerlo.

Querido diario.   *8/06/11*

Hoy mamá volvió a llegar de malas, me gritó, pero esta vez yo no hice nada, me hizo sentir mal. Papá trató de hacer que no me gritara, pero a él le tocó peor. Yo corrí a mi cuarto, no quería ver cómo peleaban. Espero mañana ya no esté molesta porque me da miedo. ¡Ya sé! La abrazaré con todas mis fuerzas para que se ponga feliz, eso me pone feliz a mí cuando papá lo hace.

Querido diario.   *9/06/11*

Mi gran plan no funcionó. Mamá se enojó más, mis abrazos no le gustan. Me empujó cuando me acerqué, caí sobre una botella y se rompió. Me duele el brazo, salió sangre por el vidrio, pero no le dije nada para no preocuparla, sé que no lo hizo al propósito, sólo está de malas, así la quiero.   *9/06/11*

Mamá se tuvo que ir, no sé a dónde, pero me quedé solito. Papá aún no llega, trataré de limpiar para que se pongan felices al ver que hice un buen trabajo.

Querido diario.   *10/06/11*

Cuando papá llegó a la casa se asustó muchísimo. Me obligó a soltar lo que estaba limpiando ¡Tanto esfuerzo que me costó! Dijo que me estaba lastimando con todo ese vidrio. Papá me llevó al doctor, me pusieron un agua extraña en las manos y en el brazo, eso me ardió mucho, me dijo que eso se llama alcol o algo así, después me pusieron unos curitas, son de colores y se ven muy bonitos, ya no me duele nada, creo que me curé.

Querido diario.   *11/06/11*

Papá le quiso decir a mamá lo que me había pasado, pero creo que se enojaron por eso. Él le gritó por todas esas botellas que siempre deja en el suelo. Mamá se enojó y le lanzó una, se escuchó muy feo. Siento que es mi culpa, yo sólo quería abrazar a mamá para que se sintiera mejor.

Querido diario.   *13/06/11*

Mis manos ya no necesitan de los curitas, es triste, me gustaba como se veían. Lo bueno es que tampoco necesito de esa agua que arde. Papá ya me dijo como se escribe, no es «alcol» es alcohol, que palabra tan extraña, creo que le sobran letras.

Querido diario.   *17/06/11*

Mamá estuvo gritando cosas extrañas y casi se cae al llegar. Fui con ella cuando gritó mi nombre, se agachó y me escupió en la cara, me dijo te odio, no sé lo que eso significa, mamá se lo dice a papá muchas veces, papá llora después de eso, creo que significa algo malo. Le dije a mamá que olía a alcohol, pensé que se había lastimado como yo, pero se enojó más y me pegó en la cabeza con su mano. Eso me hizo llorar, corrí a mi cuarto y me escondí en mis cobijas.

Querido diario.   *18/06/11*

Le conté a papá lo que pasó ayer mientras comíamos, se enojó con mamá y volvieron a pelear. Papá ya no quiere que me quede solo por las tardes con mamá, dice que no es bueno, pero a mí me gusta estar con ella, es mala conmigo, pero así es, yo soy quien la hace enojar. Yo ya no quiero que se peleen por mi culpa.

Querido diario.   *21/06/11*

Papá me esconde en una canasta llena de ropa cuando él no está. Dice que no me puede llevar a su trabajo todos los días porque su jefe se enoja. Yo me quedo quietecito para no enfadar a nadie, es cómoda la canasta, es como si yo fuera invisible. Mamá piensa que yo no estoy en la casa, eso es algo bueno según papá.

Querido diario.   *23/06/11*

Hoy tampoco pude ir al trabajo con papá, estuve aburrido casi todo el día. Me hubiera gustado hacer la tarea que la maestra dejó, pero no debía salir de mi escondite súper secreto. Mamá tardó en llegar, ya me estaba durmiendo cuando me asustó, empezó a hacer unos ruidos muy extraños y gritaba mucho, espero que nada malo le haya pasado.

Querido diario.   *4/07/11*

Me gusta el trabajo de papá, la chica que siempre está en el teléfono me da galletas, me la paso con ella afuera de la oficina de papá, dice que no debo hacer mucho ruido para no distraerlo, ella me cae bien, me ayuda con la tarea.

Querido diario.   *23/07/11*

Mamá no viene a casa desde hace días, me preocupa ¿Le habrá pasado algo malo?

Querido diario.   *10/08/11*

Mamá sigue sin aparecer, la casa se ve muy limpia, creo que mamá era la que más desordenaba. Papá todavía llora por no saber dónde está mamá, ellos pelean, pero papá la quiere, creo que la extraña, yo sí la extraño.

Querido diario.   *20/08/11*

Ya van varios días en los que no me tengo que esconder en la canasta, puedo estar en mi cama tranquilo o incluso puedo jugar en la sala. Puedo imaginar cualquier cosa, a veces estoy en el espacio, otras veces en la selva, otras veces peleo como si estuviera en una película de monstruos, es muy divertido.

Querido diario.   *22/08/11*

En la escuela un niño le dijo «te odio» a la maestra, le pregunté a la maestra si ella quería mucho a ese niño, me preguntó por qué, le dije que mi papá y yo queremos mucho a mi mami y ella nos dice «te odio» varias veces. Ella ya no me respondió. Al terminar la clase la maestra me explicó lo que significa odiar, no sé por qué mamá sentiría eso por mí si yo la quiero, no sé qué fue lo que hice para que llegara a tener ese sentimiento. Llegué a mi casa llorando, papá ya estaba ahí y me abrazó, dijo que no importaba si mamá no regresaba, no la necesitamos porque nos tenemos el uno al otro y él me quiere muchísimo, me sentí un poco mejor con eso.

Querido diario. 25/08/11

No quiero ir a la escuela. Todos saben que mi mamá me odia, no quiero ser el niño al que su mamá lo odia.

Querido diario. 02/09/11

Mamá regresó ayer, se veía feliz y olía a flores. ¡¡¡Ella me abrazó!!! Nunca lo había hecho antes, creía que le provocaba asco o algo así. Mamá le pidió perdón a papá por irse, él lloró y la abrazó, lo sabía, él aún la quiere. Fue bonito ver eso. Mamá nos dijo a los dos que nos quería, no sé qué le pasó, pero me encanta como es ahora.

Querido diario. 04/09/11

Escuché por error una plática de mamá y papá. Papá estaba molesto, descubrió que mamá cuando desapareció se había ido con un señor que le daba hierba, ¿a mamá le gustan las plantas? No lo sabía. Mamá lloró para que papá no se enojara, no la había visto llorar antes.

Querido diario. 08/09/11

Mamá hoy preparó la comida, se ve delicioso, papá está trabajando así que yo seré el afortunado en probarlo primero.

Querido diario.   *12/09/11*

Estuve en el hospital unos días, papá me dijo que me encontró en el suelo convulsionando, dijo que eso significa que estaba como un gusanito cuando le pones sal. Yo no recuerdo nada, sé que me dolía la cabeza después de comer. Mamá está bien, me alegra que no le haya caído mal la comida como a mí.

Querido diario.   *13/09/11*

En la escuela todos se preocuparon. Me preguntaron si mi mamá me había hecho algo como para enfermarme e ir al hospital, esas preguntas fueron molestas, ¿por qué me haría algo malo? Si dijo que me quería.

Querido diario.   *17/09/11*

La casa volvió a ser un desastre, después de mi accidente mamá ha estado muy nerviosa. Cuando papá no está mamá me grita muy enojada, creo que volví a molestarla. Un día me tropecé cuando trataba de esquivar todas sus botellas y casi caigo sobre ella, rápido se quitó para que eso no pasara y caí al suelo, dijo que ya no me soporta. No le he contado a papá sobre lo que ha vuelto a pasar con mamá, no quiero causarles problemas.

Querido diario.   *19/09/11*

Hoy me escondí en la canasta, no supe qué más hacer. Mamá está muy enojada, empezó a lanzar todo, rompió muchas cosas y se puso a llorar muy fuerte.

Querido diario   *21/09/11*

Mamá quiso jugar conmigo hoy, me emocioné al principio, pero su juego ya no me gustó, jugamos a las escondidillas, yo la tenía que buscar, y cuando pasaba eso siempre salía de algún lugar y me asustaba, al ver mi expresión se reía demasiado. Está bien que se ría, pero me asusta muy feo, luego me puse a ver videos con gritos y monstruos saliendo de la nada, no soporté verlos, era en verdad aterrador, como me puse a llorar mamá se enojó y ya no quiso jugar conmigo y salió de la casa irritada.

Querido diario.   *23/09/11*

Mamá volvió a querer jugar, ahora eran retos, me dijo que pusiera mi mano encima de una vela, como no quise ella la tomó y me tiró la cera en las manos, dolió mucho, mucho, mucho, pero creo que la sonrisa que puso valió la pena.

Querido diario.   *24/09/11*

Hoy papá vio las quemaduras de mis manos por estar jugando ayer con mamá, le dije que así es como jugaba con ella.

Querido diario.   *25/09/11*

Papá me volvió a llevar al hospital, no quería que mis manos se pusieran más rojas de lo que ya estaban, el doctor dijo que no era algo grave, solo que debía evitar tocar cosas que estuvieran muy calientes, que era peligroso.

Querido diario.   *27/09/11*

Papá llegó temprano de su trabajo, me alegré, mamá había gritado otra vez de manera extraña en su cuarto, no quise salir de mi escondite para ver qué pasaba. Papá cuando entró le gritó bien feo a mamá, escuché la voz de alguien más entre todo eso, la verdad es que no sé qué pasa, pero me están comenzando a dar miedo los dos.

Querido diario.   *29/09/11*

Papá está extraño, ya no es lindo con mamá, le ha dicho que quiere que se vaya, pero ella no lo va a hacer, se la pasan todo el día con eso, es como si yo no estuviera aquí, no me hablan.

Querido diario.   *4/10/11*

No he ido a la escuela desde hace días, no importa, no se dan cuenta, no quiero ir ya que me pongo triste y no me gusta llorar en el salón, acá también lloro, pero nadie me ve.

Querido diario.   *6/10/11*

Mamá no se ha podido levantar del sofá, parece estar dormida pero no ronca como acostumbra, huele mucho a alcohol, tal vez se lastimó y por eso está descansando mucho, intento no despertarla, se enojará conmigo si lo hago.

Querido diario.   *10/10/11*

Papá puso todas las cosas de mamá en una maleta, le sigue diciendo que se vaya, pero ella no quiere. Siguen sin hablar conmigo, no sé qué fue lo que les hice esta vez para que estén molestos.

Querido diario.   *13/10/11*

Papá hoy compró una pistola, lo vi, no creo que sea de juguete. No sé qué es lo que quiera hacer con eso, mamá sigue sin querer irse y eso ha enojado demasiado a papá, él me dijo que sólo la va a asustar para que por fin se aleje de nosotros y podamos estar bien, pero con una de juguete hubiera bastado, espero no vaya a pasar algo malo, los gritos son ya continuos, la mayoría de las cosas ya están rotas por eso, de verdad temo que algo malo le piense hacer, no quiero que les pase nada.

*

El oficial se calló unos segundos, el estómago se le había revuelto al terminar su lectura; imaginó todo a pie de detalle. Podía sentir como sus manos temblaban y el sudor en su frente escurría por el miedo. El pequeño dejó todo hasta ahí, la duda estaba presente: ¿qué fue lo que ha pasado después de eso? Cerró el cuaderno y miró a Silvia directo a los ojos.

—¿Por qué se quedó en esa casa si no quería al niño?

—Al niño… ese niño, ¿por qué querría a ese niño? Toda su existencia ha sido una molestia. Pequeño irritante, ¿por qué habría de cuidarlo yo? ¿Qué le debo? Vino como un deseo de ese chantajista y era yo, ¡yo! Quien tenía que cuidarlo. Yo no trabajo, no tengo de donde sacar dinero. Pero no por eso iba a ser su criada. Rogelio siempre fue lindo, sí, eso lo sé, me daba todo lo que yo quería, ¿pero un niño? Yo nunca lo quise, ni a Rogelio ni a él, me casé por el dinero y por exigencia de mis padres, pero ¿un maldito niño? ¿De verdad?

—No me interesa, en absoluto, la relación que haya tenido con sus padres; me desinteresa los fines de su matrimonio. ¿Pero de verdad se aferra a la idea de que el problema ha sido el niño todo este tiempo? Señora, usted podrá creer muchas cosas respecto a su vida, pero eso, en ninguna circunstancia, justifica el infierno que logró provocarle a ese infante.

—¡Lo sé! ¡Yo lo sé! Pero, yo, ya todo el tiempo estaba ebria. Ahí dentro no tenía sentido mi presencia. Todo parecía ser tan perfecto que me terminó aburriendo… busqué otras salidas para no quedarme enredada en una rutina de aprensión en casa como "buena esposa". Terminé hartándome de que no pudiera ser feliz con cosas tan simples, y el niño seguía allí, molestándome, pidiéndome cosas, hablando incoherencias, ¡exigiéndome que yo tuviera que estarle haciendo caso en cada maldito momento!

El oficial no podía soportar el descaro de la mujer. Mas no quiso enfrentarla ni hacerle ver sus palabras, puesto a que el esfuerzo sería un desperdicio. Se frotó los ojos y dejó escapar un gran suspiro, seguido de esto pidió que llamaran a Rogelio.

Para Ignacio, era crucial el tener que preguntarles a ambos sobre lo sucedido de esa noche.

Rogelio entró al cuarto un poco pálido y se sentó lejos de Silvia.

—Ahora bien, ¿por qué fue que usted compró esa arma?

—Sólo quería asustar a Silvia, se negaba a dejarnos. Ya no podía lidiar con ella después de su infidelidad.

—¿La amenazó con esta?

—Sí, pero…

—Lo hizo sí o no —el tono de su voz era fuerte.

—Sí, oficial, lo hice —respondió con balbuceo.

—¿Qué pasó entonces?

—Silvia se volvió a negar, para nada le importaba, se me fue acercando, mi mano temblaba. Ella retó. Pero juro que no lo había visto en la sala, creí que estaría escondido. Él debía de estar escondido —sus lágrimas salían—. Le dije que estuviera escondido, ¡lo estuvo por meses! ¡Se quedó allí por meses! ¿Cómo sabría que justo en ese momento mi pequeño se saldría? Él no tenía que estar, no debía, no sé por qué…

—Yo tampoco lo vi —Silvia lo interrumpió— ignoré por

completo su existencia en esos momentos. Le dije a Rogelio que lo hiciera, sin piedad, yo no lo creí capaz de disparar. Es decir, mírelo. Es alguien, en cada aspecto, absurdo, rígido y aburrido. Lloraría antes de hacerle daño a alguien, así que le dije que lo hiciera, que no fuera un cobarde.

—Yo disparé, la ira… el enojo tomó de mí completo control. Quería que ya nos dejara tranquilos, tan solo quería que mi pequeño pudiera estar tan feliz como en los días que esta señora había desaparecido. No conté con su inocencia, con el gran afecto que Deni le había otorgado a su madre. Él corrió, se puso frente de ella. Yo no supe qué hacer, yo sólo, ya no supe qué podía hacer.

CATARSIS

El día en el que el mensaje sobre la pandemia se extendió, no pude evitar el sentirme orgulloso. Escuchaba la radio durante esa tarde; todo era un caos. De alguna forma, un virus de origen asiático había logrado llegar hasta nuestro país.

Me gustaba la limpieza, siempre había sido demasiado estricto en ese ámbito. No permitía que los demás me tocaran o tocaran alguna de mis pertenencias, lo repudiaba. Por eso es, que, a lo largo de mi vida, fui tachado de alguien exagerado, intenso, e inclusive, insoportable. Quién diría que yo siempre gocé de la dicha de tener la razón.

Lo primero que hice al enterarme de la pandemia que se acontecía fue aislarme. En casa tenía de sobra. El aroma del desinfectante circulando en el aire me llenaba de seguridad, pero no bastaba. Ocupé de todo para mantenerme seguro: limpiador, jabón, alcohol. Hasta me había prevenido con suficiente alimento no perecedero para no tener que salir de casa durante un largo tiempo.

Estuve meses encerrado. Sin comunicación, sin descanso. Me mantenía pegado a la radio escuchando los avances obtenidos de la sociedad de la que me ocultaba; nada sucedía. Y el sueño, en mí, cada día se volvía más tedioso, pero no podía descansar, debía limpiar todo en cada instante, cada segundo.

Los gases químicos que se mezclaban en mi atmosfera comenzaban a marear, y la comida, que por muchos meses traté de racionar, se me estaba agotando. No calculé bien lo que se necesitaría para el tiempo que quedaría allí atrapado. Había sido más de lo esperado, y tenía ya que salir.

Fue hasta octubre del 2020 que salí, por primera vez, a la intemperie de la enfermedad. Y, como una bestia entre los cazadores, sabía bien lo que me podría pasar si no actuaba de la manera correcta. Di un paso fuera de casa posterior a protegerme con todo lo que pude. Coloqué alcohol en una botella con atomizador. Me puse guantes de látex. Me coloqué un cubrebocas, tapando boca y nariz como es debido, seguido de una Kn95 encima. Me puse anteojos, de esos que vienen unidos a la careta. La ropa debía ser larga, que cubriera todo, y, al final me coloqué la capucha del rompevientos para que mi cabello también estuviera cubierto. Estaba más que preparado, así que tomé las llaves, y me aveciné en carro hacia el supermercado de mayor cercanía.

La gente caminaba fuera, por el camino que había tomado. ¡Caminaban fuera como si nada y sin cubrebocas! ¿Me había perdido de algo? ¿Por qué el único preocupado era yo?

Veía gente a mis alrededores riendo con la boca abierta y lanzando saliva. Gente abrazándose, estando tan cerca del otro. Gente en pareja dándose las manos o incluso besándose en plena calle. Personas en conjunto, en grupos numerosos, rozando entre sí. Y, lo peor de todo aquel escenario, era a toda esa humanidad usando, de tan horroroso modo, las protecciones indicadas para la salubridad del pueblo en general. ¿Cómo era que ni algo tan sencillo podía llevarse a cabo? Se me revolvió el estómago con tanto asco, pero no hice nada, decidí ignorarlo y seguí con mi camino.

Llegué al *Mega,* y afuera, una gran cantidad de gente se encontraba en fila esperando pasar. En la puerta se posicionaba un letrero: "sólo un integrante por familia". Me coloqué al final de la fila, dejando poco más de un metro entre nosotros, y esperé. Al paso de unos minutos, un señor de unos sesenta años observó a mi vestimenta con repudio. Él recién llegaba, y se puso detrás mío, tan pegando que podía sentir cómo casi tocaba mi cuello. Mi cuerpo trepidó con suma fuerza al notarlo, haciendo que me moviera tan rápido hacia enfrente.

—¿Podría separarse de mí? Señor. No es necesario que se pare tan cerca para tener un lugar, recuerde que debemos ahora más que nunca mantener cierta distancia. Incluso en el suelo se ven unas marcas pintadas para eso. Vea, ahí están —señalé después de enfrentarlo.

El señor sólo dio un pequeño paso hacia atrás sin responderme. Seguía viéndome como con rechazo, eso me hacía molestar más. Le dije que se fuera más atrás, seguía demasiado cerca. Prefirió enfadarse ante mi petición, y ahora sí respondió; gritándome.

—¿Y tú quién te crees o qué? ¿Me puedes ordenar? ¿Me crees enfermo? ¿Crees que te puedo contagiar? Acércate, a ver, ¡que yo no tengo nada como para que me acuses! ¡Puedo andar donde se me dé la gana! Ese bicho raro ni siquiera existe, sólo es gente loca y alarmada que cree que puede arruinarle el día a uno.

—No le estoy ordenando nada, sólo le pido que respete, debe respetar aun así mi espacio y no llegar y pararse, así como respirando a mi nuca, ¡que asco!

—¿Respetar? No tengo que andarte respetando nada, ni que fueras mi padre o mi jefe o qué, ¿por qué tendría que deberte respeto a ti? Pinche chamaco todo ridículo. ¡Ya cállate y no me estés molestando con lo mismo!

Con enojo, el señor me empujó del hombro. Parecía querer provocar una pelea, pero yo no estaba para cumplirle los caprichos. Teniendo esto en mente, de todas formas, mi cuerpo reaccionó. Tenía asco. Ese hombre que, con tan pensamientos insanos, se atrevió a tocarme. ¡A tocarme con manos que ni siquiera parecían haber sido lavadas! Mi espalda se tensó. Cada uno de mis dedos se estaban contrayendo, junto con mis músculos, siendo también estirados con brusquedad casi al mismo tiempo.

Llegó hasta escucharse cómo todo me tronaba.

Traté de rociarme alcohol sobre mi hombro para limpiar, lo más pronto posible, la sensación de su mano impregnando suciedad a mi piel. Al ver mi comportamiento, el señor sólo se apartó y me ignoró, parecía haberse enfadado más, pero ya no me hizo nada.

Me calmé a los segundos de tratar de respirar. Olía a desinfectante, mi ropa y cubrebocas estaban previamente empapados con este. Avancé rápido, eso, o mi mente se hubo bloqueado al tratar de permanecer bien. Mi turno de pasar al supermercado llegó, así que tomé un carrito que ya había sido limpiado por un trabajador. Despejé mi mente, una vez dentro, iba tomando todo lo necesario para no tener que volver allí tan pronto. Ya había sufrido lo suficiente.

De tan distraído que me encontraba, fui incapaz de percibir que el mismo señor de la fila me había estado siguiendo. Me hallaba en el pasillo de las pastas, no había nadie ahí. El señor me acorraló en un estante, pegándome de espaldas en la cabeza. Mis lentes se cayeron al impacto, ya no tenía careta. Entré en pánico, y lo ignoré, sólo quería volvérmela a poner, pero él me tomó de la chamarra, y me siguió gritando. No escuché ni un fragmento de sus palabras, mi atención estaba en la careta tirada en el suelo. Su saliva me daba en la cara, estaba a punto de llorar. ¿Qué me importara que gritara? Sus dientes estaban amarillos, apestaba, me estaba llenando de gérmenes, de incluso hasta una enfermedad en lo que me sostenía. ¿Qué podía hacer yo? Mi cara se veía aterrada, asqueada, mi cabeza se retorcía al sentir cada gota. Pudo notar mi desagrado, era obvio. Y eso le divertía más. Tanto, que cometió el acto tan más atroz e injustificable que el mundo haya podido observar… Aquel hombre se acercó de más. Mi cara estaba a centímetros de la suya. Él, se quitó el cubrebocas, y me estornudó. ¡Él, intencionalmente, estornudó en mi cara con tremendo estruendo! ¡Resonó hasta en los otros pasillos! Y yo, ya no pude más. El pánico fue peor en mí. Me volví a tensionar, con tanta fuerza que me zafé de él. También grité. Tenía tanto coraje y rabia que grité tan fuerte que mi voz se perdió. Al tiempo, en lugar de limpiarme, sólo sostenía mis manos sobre mi cabeza, y me arrancaba el pelo.

Mi atomizador estaba vacío. Ese señor lo tomó cuando entré en colapso y regó su contenido al suelo, después de eso, sólo se fue.

Me entró la desesperación. Vi el alcohol tirado en el suelo y me tiré de una, sumergiendo así mi cara, y mis manos, con toda la fuerza que podía. Pero aún me sentía sucio. Estuve ahí tumbado unos minutos, no sé cuánto, lo sentí eterno. No quería pararme, quería llorar. La gente me observaba, los de limpieza querían que me quitara, y yo no quería. Sin embargo, lo logré. Me levanté del piso, y, con el mayor de los agobios, me fui corriendo hacia el carro, yendo directo a mi casa. Inundé mi cara entre el jabón. No paré. Frotaba el jabón, me lo ponía, me tiraba agua, frotaba el jabón, me lo ponía, me tiraba agua. Así, una, y otra, y otra, y otra vez… hasta que ya no pude más.

Creí haberme sentido aliviado al momento de sentir a mi cara arder. Me fui a dormir, quería dejar de pensar en ello, en ese día, en, en ¿Cómo podía alguien hacer algo así? Me estaba alarmando demasiado.

2:34 a.m.: me levanté de la cama pavorido. Me fui a la cocina. Corrí al baño. Tomé cada químico y desinfectante de limpieza que tuviera dentro de la casa. No lo pensé. Pensé en limpiarme. Fui abriendo cada botella, me bañaba en sus contenidos. Frotaba cada parte de mi piel y cambiaba de frasco al terminar su contenido. No me importó manchar mi pijama, tampoco el suelo. No me importaba nada más que quitarme el repudio que sostenía en mi piel, el asco, el odio, la aversión, las náuseas, el disgusto, la repulsión. Todo. Quería estar limpio, sentirme limpio, seguro. Cuando todas las botellas quedaron vacías, tomé unos cerillos de la cocina, y los esparcí por el piso. Después, prendí uno, y lo dejé caer. En seguida, todo prendió en llamas. El aroma era puro humo, y gas, y desinfectante; olía limpio. Mis alrededores estaban de un rojo flameante, mis pestañas ardieron. El fuego rodeaba a mi hogar, me abrazaba. Todo ese ardor, en definitiva, limpiaba mi cuerpo. Yo, me estaba purificando.

Elliot Kendryek

EN MI OLVIDO

Cada día al separar las pestañas, lo único que hallo eres tú.

Quería tenerte. Quería tener el deseo de tus ojos puestos en mí, anhelaba hacerlo.

Escasea mi memoria. No logro, ni, aunque intente, permanecer un sólo pensamiento de quien soy.

Estoy en olvido, en uno creado por mi aflicción, del que me es imposible escapar. Y en ese, mi olvido, has de seguir tú. Compartiendo el llanto, adorando sus ojos.

He despertado en tu ausencia los últimos días. Es extraño, ¿sabes? Porque no añoro de tu compañía, sólo la percibo, y miro al techo. Solías hacerlo. Lo mirabas con fijeza, tratabas de quitarte el mareo. Ese, proveniente de tus miedos. ¿A qué le temías? Me lo explicaste varias veces. Tenías miedo de caer, pero, de hacerlo, cuando la gravedad por algún motivo dejara de existir. Era imposible. Elevarse, sin frenos, hasta la punta de un edificio. Sentir el aire. No sostenerse. Pero le tenías miedo. Te aterraba tu mente también. Solías decir que no tenía sentido seguir si no confiabas en tus palabras. Yo creo que sí lo tenía, lo sigo pensando.

Sé que te fuiste al momento de aburrirte de mí. Sé que te fuiste, porque ya no querías estar aquí. Es sólo que, yo, no sé por qué no avisaste, o murmuraste, o balbuceaste, ¡o me llamaste!, ¡o gritaste!...

Era más fácil irte, lo comprendo, o acaso ¿fui yo quien se fue?

Despierto cada día aquí, en nuestro cuarto. La luz es tenue, el espacio, pequeño. Y a veces, hasta me pica el cuello.

He tratado de salir de aquí. Aunque creo que no hay una salida.

Mencioné que no te extraño. No lo hago. Más siempre estás en mi mente cada que abro los ojos. Es, extraño. Porque yo no te olvido, no olvido quién eres, es sólo que, ya no recuerdo, la persona que, antes de ti, yo solía ser.

MI LINDO PAJARITO

Conocí a Mary al poco de haber nacido, mi piel rojiza y desplumada no encubrían lo herido. Las alas golpeando, sus picos en mí. Al ser tan frágil, yo del nido caí.

No debía nada a mi existencia, el camino, se forjó desde un inicio en decadencia, pero ella, me acogió en sus palmas con cariño, tomó una decisión; interrumpir a mi destino.

Me apodó su pequeña avecilla. En ese momento conocí el amor, con cariño, le besaba cada mejilla, y revoloteaba en sus cabellos sin pudor.

Me agradaba cantarle desde la ventana por las tardes, de vuelta, su sonrisa se coordinaba con tales ojos tan deslumbrantes. Cada arruga de su rostro se movía, y palmeaba sus manos festejando lo que conmigo acontecía. Entre risas, se le veían esos escasos dientes, hablaba despacio, los tenía dolientes.

—Te deberé la vida, pajarito, porque tú me has librado de la soledad.

Me decía sosegada en las noches tibias, entre suma oscuridad.

Antes de mí, ella se encontraba sola, no había quien en su familia que estuviera buscándola. Nadie le visitaba, nadie le llamaba. Pero eso a ella nunca le hizo sentirse no amada.

A veces, me mencionaba a su marido, era un lindo sujeto, alguien de corazón cálido. Murió años atrás de vejez, me contó, que aquello la hizo quedar en palidez.

Los dos hijos de Mary asistieron al entierro. Cuenta que hablaron con desprecio de él, y al final, desaparecieron con todo su dinero.

¡Oh, mi amor! La más dulce de las abuelas, ¿qué son esas lagrimas que por las noches me expresas? Estar triste por bastante tiempo le puede hacer mal, a ese corazón tuyo que se comporta tan maternal.

Esas personas ya no importan, no son las que a tu lado ahora se colocan. Por favor olvida lo que alguna vez te hicieron, porque sin importar lo que sientas, ellos ya se fueron. Así que por favor ya no pienses en eso, ten en mente mejor cuanto es lo que yo te quiero.

Soy yo el que ahora te debe cuidar, he hecho esa promesa desde que en mi mente he podido recordar.

A ella le gustaba salir, caminaba bastante por las casas que antes yo no sabía distinguir. La acompañaba siempre que necesitaba hacerlo, me era un placer volar a su lado por cualquier sendero.

Mary cargaba esas enormes bolsas con esmero, lo bueno, es que el viaje no duraba mucho tiempo. Saludaba a Letty, una señora de su edad muy agradable, reían al verse y hablaban de lo que veían por la tele.

Regresábamos muy felices a cocinar, preparaba su porción y la mía por igual. En seguida ella prendía el televisor, se sentaba en la sala, y comíamos juntos hasta que el programa terminaba su emisión.

Me posaba gran parte del día en la ventana, viendo a la gente riendo mientras estos pasaban. Pasaban niños, pasaban niñas, pasaban jóvenes y pasaban señoritas. Todos venían clavados en distintos mundos, y yo, a veces les iba a volar, cambiando así un poco sus rumbos.

Con el pasar de los meses, la gente afuera de la ventana ya no aparecía, me comenzaba a preocupar no ver a nadie, pues significaba que algo malo sucedía. Viendo las noticias, Mary y yo pudimos saber bien lo que surgía, era un virus traído desde china a lo que todo el mundo le temía.

Afectaba a los humanos principalmente, si te contagiabas, no podías respirar adecuadamente. El virus se traspasaba al respirar, o también si estabas junto a alguien que hablaba al salivar.

Para esto lo mejor era usar su debida protección, cubrebocas y careta estaban a la disposición. Lo peor que pasaba a mi cabeza, era el hecho de que afectaba a los de edad con mayor grandeza.

Por días, traté de llevarle flores a mi abue, para que no sufriera de hambre, ella las guardaba, o las ponía en un vaso con agua, pero con eso sólo lograba, que de abejas se acercaran en enjambre. Traté de llevarle semillas también, las dejó aventadas en su buró, pues no le gustaron tanto como al llevárselas lo pensé.

Duraron muy pocos días la comida, que, con esfuerzo, nosotros habíamos traído desde la última salida. Mary tenía que ir a comprar más, pero yo no quería dejarla salir de aquí nunca, ni jamás. Me interpuse entre la puerta para que viera que me preocupaba que se fuera, ella me sonrío al verme y me extendió su mano sin que me sostuviera.

—¡Ay mi lindo pajarito! —suspiró con fuerza—, sabes que, aunque despacito, yo he podido sola. Y, por más feas que estén las cosas afuera, tengo que ir, no importa si sepamos qué es lo que entonces me espera.

La abuela salió después de las palabras que me dirigió, y yo la acompañé, como el buen pajarito que ella crio.

Así ella comenzó a salir cada que necesitaba comida, como era la única en casa que podía hacerlo, estaba más que decidida. Al verla, a mí me dolía en el afecto, ¿por qué yo no tenía la fuerza para realizar aquel trayecto? Eran muchas cosas las que Mary compraba, y con mi tamaño, yo, no podía cargar ni siquiera una manzana.

Pasaron dos semanas hasta que en su cama sudando se tuvo que quedar, tenía fiebre y frío, le costaba respirar. Me dolía bastante verla sufrir de tal manera, estuvo así bastante, hasta que la vi dormir tan placentera.

Durmió dos, tres días y aún no despertaba, me asusté tanto, que llamé a unos amigos, y ellos me dijeron que era lo que pasaba.

Ellos volaron sobre su cara, y después de un rato vinieron a mí, estaban serios mientras se acercaban, y yo, con mi cabeza asentí.

¿QUÉ ES LO QUE SIENTO?

Tengo un sueño recurrente sobre alguien cuya existencia, en efecto, desconozco. Cada noche, sin excepción, al instante de oscurecer actividad en mi mundo, aquella persona aparece. No sé su nombre o procedencia, ni siquiera recuerdo su apariencia al despertar. Su rostro se me difumina sin dejar rastro o idea vaga sobre cómo podría ser. Empiezo a creer ya que su presencia, no es más que la manifestación de mis más libidinosos y vergonzosos anhelos aislados, sin intención de aislar. Pues me he enamorado, aun sabiendo nada. Me he clavado en lo que es su esencia.

Cuando esa persona a mi lado está, no temo a nada. La seguridad que poseo, de alguna forma, me resguarda. Al verle, sé bien que le gusta mi presencia tanto, como a mí me gusta la suya, y eso, hace que una paz de mi interior comience a emerger.

El equilibrio de emociones que hay, cuando encuentras a alguien cuya existencia encaja a la perfección contigo, y la pertenencia hacia ese otro ser, lo he hallado en sueños, pero…

69

todo sólo llega a ser eso: simples sueños. Unos, de los cuales, jamás quisiera despertar.

¿Qué tan solo debo estar para que este tipo de alucinaciones se manifiesten?

No, creo, más bien, que no se trata de soledad, sino que me encuentro, de cierta forma, necesitado de ese efecto al que todos persiguen.

Hace unos días traté de dibujar a esa persona. Desperté de madrugada sin dejar concluir a mi descanso. Tomé un lápiz, y mi cuaderno, que, con anterioridad, había dejado en la cómoda junto a mi cama —cualquier característica que me ayudara a recordar me era suficiente—, y, con mis ojos apenas abiertos, procedí a dibujar. Pero se me complicó demasiado. Quise intentar plasmar sus ojos, en ningún intento me salía como lo tenía planeado. Siempre me he considerado un dibujante nato, ocupo bien el lápiz para reflejar a las personas en papel, pero, en este caso, se me había hecho de lo más complicado. Al no poder recordar, lo que hice acabó en infortunio. Terminé con la hoja repleta de miradas rasgadas, esa fue mi primera pista: sus ojos eran rasgados.

Dibujar a ciegas lo convertí en una rutina; cada día, al despertar, dibujaba cualquier particularidad, por más mínima, antes de que la idea desapareciera. Así es como terminé con el cuaderno lleno de elementos al azar, varias páginas de lo mismo: ojos rasgados; labios, no tan delgados; nariz griega; mandíbula definida; cuello delgado. Ya sean de frente o de perfil, ningún dibujo era de un rostro completo. Las sombras hacían de relleno.

Me sorprendía la incapacidad que tenía de juntar todas las piezas. Ningún rostro me convencía por completo. El último dibujo fue algo extraño, era una mano delgada, posada sobre un vaso de vidrio, con un popote entre sus dedos y un liso anillo plateado colocado en el anular. Después de eso, ya no continué. Me era exhausto tener que levantar por las noches, con sumo descuido, para dibujar con tan poca luz.

A mis diecisiete años, nunca he tenido una pareja, no una en realidad. Me había relacionado con algunas chicas, pero no más allá de eso. Ninguna logró hacerme sentir lo que ahora diseminaba en sueños.

Estos «intentos» por nombrarlos de alguna forma, al principio surgieron más bien de un sentimiento de obligación. Mis padres me habían presionado demasiado, llegaron al punto de burlarse por no traer a una chica a casa. Fue así como decidí llevarles a alguien, sin importarme, en realidad, la relación que tuviera con esa persona. No era algo relevante para mí en esos momentos.

Luna es una chica muy dulce, siempre que la veo luce encantadores vestidos floreados. Ella fue la primera que llevé con mis padres. Ambos estamos en el mismo salón desde la secundaria. Fue ella quien se me acercó primero. No entendí el por qué, siendo ella tan linda y querida, y yo, una simple persona. Con el tiempo nos fuimos haciendo muy cercanos. Recuerdo que me empezaban a despreciar los demás por ello, pues es muy bonita y amable con todos, pero sólo conmigo su trato era, de alguna manera, más especial.

Fue en último año de secundaria cuando me enteré de su gusto por mí. Sí, tardé demasiado en enterarme. En verdad que no era el mejor en esas cosas. Al saber eso, pensé que ella, por nuestra armoniosa relación, sería la candidata perfecta para intentarlo por primera vez. No funcionó del todo, aunque a mis padres les fascinara su delicada y dulce presencia, a mí me parecía vacía la relación que intentamos. No era por ella, sino que yo no lograba sentir algo más que amistad. Siempre la he cuidado, la respeto de lo mejor y la cortejo. Me es alguien meramente especial y hermosa. Sin embargo, no hay esa magia que se representa al tener un amor de pareja. Sí siento amor, uno muy profundo, sin lograr ir ni un poco más allá. Al pensarlo, analizarlo de fondo, sentía un poco de tristeza, tristeza por no poder sentir más, por no poder ser lo mejor para alguien que lo merece. No pude ni convencerme de que era algo que debería pasar o que debería con plenitud sentir. Es sólo que, no había esa «magia». Terminamos a los tres meses. Yo, ya convencido de que no me llegaba a gustar, le hice saber la verdad. Sin rodeos, sin culpas, sin excusas. Con leve temor expliqué todo, y ella, con tranquilidad lo entendió.

Sigo sin saber cómo se lo pudo tomar con tanta calma, pero eso me es, en definitiva, gratificante. Un pequeño peso se desvaneció con su respuesta. Después de eso, nuestra amistad se fortaleció, supimos que de ahí no pasaría, y, con eso, nos la hemos pasado de lo mejor.

Luna es mi mejor amiga, la que sabe todo de mí, de quién sé todo, y, aún con todos nuestros pecados compartidos, nos seguimos queriendo. Papá y mamá no se lo tomaron tan bien, por un tiempo reprocharon mi decisión. Contactaban a Luna para que me insistiera, la hostigaban con eso. Dejaron de hacerlo cuando vi a Luna triste por tocar el tema, para nada fue una escena agradable. Ese mismo día confronté a mis padres para que la dejaran en paz, de ahí, no le han vuelto a tocar el tema.

La insistencia de mis padres por tener una relación no se detuvo. Conocí a Olivia en unos cursos de inglés. El idioma no se me facilita. Cuando en la escuela empecé a bajar calificación, mamá no vaciló en inscribirme en la academia de idiomas para regular mi conocimiento. En medio de una sesión le pedí ayuda para unos ejercicios, no dudó en aceptar. Ella es muy amable y ordenada, aunque estricta en cuanto a disciplina, por lo que, si me equivocaba, me regañaba al tiempo que seguía explicando. Eso era muy divertido. Su expresión de enojo no provocaba miedo. Durante todo el curso me ayudó a mejorar, me enseñó técnicas para la memoria y para razonar. Fue una gran compañera de estudios. Por ella, el inglés comenzaba a agradarme. Con Olivia no tardé en notar su interés, creo, fue por mi escasa experiencia que no lo dudé.

Olivia es también muy bella, claro, de diferente manera que Luna, no hay comparación. Cada una reluce a su manera. Olivia siempre se preocupa por lucir de maravilla. Sus conjuntos de ropa me son sorprendentes: faldas; overoles; vestidos; blusas cortas, o muy largas. Todo, con accesorios. Usaba estilos diferentes, que, al utilizarlos, se acoplaban a ella. Tan segura de sí, con su precioso cuerpo robusto, que intentaba de todo y jamás le quedaba mal. El maquillaje no le podía faltar, un delineado grueso y perfecto, labiales distintos que quedaban con las sombras y su conjunto. No sé cómo sabe combinar tan bien, yo, apenas y elijo la playera que se ve menos sucia de entre mi ropa tirada, y con eso me tardo demasiado para realizar mis deberes con tiempo. En cambio, ella, Olivia, —como ya mencioné— es demasiado ordenada. Juntarse con su disciplina no es fácil, pero su simpatía siempre lo hacía valer.

Nosotros no llegamos a establecer una relación, mi desatención no lo permitió. Yo no lo noté, pero para ella fue muy claro. Por mi parte, hubiera intentado establecer algo, aunque, ahora que lo pienso, era probable que terminara en lo mismo; desinterés. Olivia, en ese instante, me hizo ver que yo no sentía algo más que amistad. Me sentí impotente. Era la segunda ocasión en la que no pude corresponderle a alguien excepcional, por más que me agradara en todo aspecto.

«¿Qué podía tener yo de malo?» Me empecé a cuestionar, junto al cansancio que, cada día me aumentaba.

Julia fue la tercera chica en mi vida, actual tercera chica en mi corazón, como lo son Luna y Olivia. No quiero sonar egoísta con esos títulos, pero, en verdad las he llegado a apreciar un montón. ¿Cómo no hacerlo? Si mi primera impresión sobres ellas, fue absorbente.

Sucedió en la escuela, pasó frente a mi salón con rapidez. Sus pequeños pasos y suave silueta provocaron inmediata ternura en mí. En seguida de notar su existencia, no paré de verla, con frecuencia, en la institución. No titube al acercarme para hablarle. Su alrededor fue una especie de campo hipnótico que me atrapaba e impulsaba hacía con ella.

Cuando conocí a Julia, tenía Brackets. Le hacían hablar chistoso. Eso ocasionó el encanto de la primera plática entre los dos. No evité el reírme por su habla, en efecto, eso la molestó, su expresión así era aún más adorable. Julia usa lentes y se le caen demasiado, es por su pequeña nariz. Esta hace que los lentes se resbalen en cada instante. Durante aquel tiempo de la preparatoria, su cabello, sin excepción, estaba amarrado con una coleta caída. La pequeña se ruboriza demasiado, por lo que su cara se asemejaba al de un pequeño ratoncito. Es difícil no decir tanto el que Julia es adorable. En cuanto a su vestimenta, le gusta mucho las sudaderas, las usa de una, o dos tallas más grandes que ella. Ya sea con pantalón, falda o short. Ella siempre usa sudaderas. No podías hacer que se las quitara, aunque el calor fuera sofocante. Otra cosa que añadir, sería el gran contraste a su apariencia, junto a la perforación que traía en la nariz. Le queda de maravilla, pero para nada le hace ver ruda como ella quisiera. Aquella niña es un grado menor que el mío. Demasiado extrovertida su personalidad. Sin miedo a compartir su humor, sin miedo a demasiadas cosas.

La compañia de Julia, el verla, y el divertirse con cada cosa que se le ocurre, yo lo disfruto bastante, pero igual sólo era eso.

También le llegué a gustar a Julia, me lo confesó ella misma. Me dijo que se la pasaba muy bien conmigo. En ese instante, volví a caer. No me gustaba de esa forma. Se lo hice saber después de su confesión, Julia aún quería mi amistad, y claro, yo quería la suya. Intentamos dejar todo así.

¡Insuperables chicas las que me he topado! Cada una tomó mejor que yo la situación. He ahí de nuevo mi conflicto; yo, realmente quería sentir algo más. Puede que sea precipitado creer que hay un problema conmigo, por el desinterés hacia tres chicas, pero, al saber cómo son ellas, al ver como Julia, Olivia y Luna, generan el mejor de los sortilegios, lo más razonable es ver que el problema soy yo.

Ahora bien, mi duda sigue presente: ¿por qué, durante tanto tiempo, he de soñar con alguien con quien que sí llego a sentir algo verdadero?

No me queda más que pensar que mi mente lo exige de una buena vez.

De cierta forma, me destruye soñarlo. Despierto exhausto, con la energía nula. Mi mente se dispersa por horas, y, en ocasiones, caigo, como desmayo, en cualquier lugar.

Empiezo a creer, que algo así, sólo me pasará si lo finjo. Sólo, si me quedo aquí para fingirlo.

Hoy es mi cumpleaños número dieciocho. He planeado pasarla con mis tres amigas, mis únicas amigas en realidad. Eso no hace que las menosprecie, son lo mejor que podría tener. No se conocen entre sí, espero y se lleven bien. Tengo planificado el ir a comer a un restaurante, platicar un poco. Me he querido despejar. Tal vez les mencione mis sueños, y les muestre mis dibujos.

Al llegar la hora esperada, me encuentro en el lugar al que he citado. Olivia fue la primera, ya esperaba en una mesa. No fue mucho tiempo para que Luna y Julia llegaran casi en sincronía. Comencé presentándolas, con nombres y lugar de dónde las conocí. La plática fluyó con armonía mientras comíamos, y el encanto de las tres relucía en la mesa. Melódicas risas, humor suave. El ambiente fue, en definitiva, grandioso. Tenían más cosas en común de lo que creí, en ningún momento se formó algo incómodo.

Entre todo, desvíe la mirada. Un chico, con apariencia familiar, se encontraba a unas cuantas mesas de la nuestra. Me causó intriga, haciéndome perder, a la brevedad, entre sus ojos un tanto achinados.

Lo recordé. Saqué mi cuaderno de entre todas mis cosas, y procedí a abrirlo en la hoja que estaba llena de dibujos de ojos. La mirada coincidía, pero no podía ser.

«¡Es muy claro que él es un chico! ¿Pude haber estado soñando con un congénere todo este tiempo? No, ¡que absurdo!»

Sin embargo, la intriga seguía, yo no dejaba de mirarle. Algo tenía, algo más. Comencé a analizarlo; ojos, labios, nariz. Cada que lo observaba, más me asustaba la similitud.

Luna me interrumpió. Preguntó si me pasaba algo, se me notaba nervioso. Negué estarlo mientras observaba, perplejo, el cuaderno. Julia preguntó por los dibujos. Se me había pasado, por todo este ambiente entre ellas no las quise interrumpir. Se me había olvidado comunicarles lo de mis sueños. Luna tomó mi cuaderno, y, emocionada pidió que contara lo que me estaba reservando. Yo procedí.

—He tenido un sueño, no, uno no, varios sueños. En ellos, la misma persona aparece, pero no recuerdo su apariencia cuando despierto. Sé que es muy posible que no exista, aun así, sé, que siente real. Por eso empecé a dibujar lo poco que llegaba a recordar, y lo he estado plasmado aquí. Creo yo, que esa persona podría ser mi alma gemela, esa quien, por fin, me haga sentir algo ¡Quiero que eso sea! —me emocioné un tanto al final.

Todas silenciaron. Esperaba no haberlas hecho sentir mal.

Luna habló primero:

—Y esa persona, ¿es un chico o una chica? —me congelé.

«Que pregunta tan extraña»

Olivia tomo de las manos de Luna mi cuaderno, y, al observar mis dibujos, volteó hacia la mesa de a un lado.

Julia, al verla, también volteó.

—¿No crees que tus dibujos se miran como aquel chico? —dijo Olivia.

No supe contestar. Ya había negado tal posibilidad. Les arrebaté mi cuaderno, me indigné un poco. No supe bien la razón. Dirigí de nuevo la mirada hacia chico, yo ojeaba mi cuaderno. Analicé de nuevo sus ojos, su boca, su nariz. Me estaba convenciendo de que era él, pero me parecía extraño.

—No puede ser un chico —les respondí mientras que le seguía viendo.

—¿Por qué no? —las tres mencionaron casi a la par.

Empecé a ponerme más nervioso, no supe reaccionar, ni sabía qué decir.

—No puede ser él, viene con una chica —respondí.

—Tú vienes con tres —dijo Julia.

—Exactamente, son tres, no pueden ser mis novias las tres.

—Podría pasar, como también podría ser que ese chico viniera con una amiga, o, incluso, su hermana —mencionó Olivia.

Volví a dirigir la mirada hacía allá. La mesera le había traído una bebida. Él la tomó por encima, posando, de una manera tan propia, su mano. Enseguida, cambié las hojas de mi cuaderno hacia el ultimo dibujo.

Su mano, estaba posada de la misma forma, no había dudas.

—¿Qué pasó? —preguntó Julia un tanto curiosa. Trataba de ver mi dibujo.

Levanté la mirada, no podía dejar de ver a ese chico. Él volteó, me miró extrañado. Cruzamos miradas, una pequeña sonrisa salió de su rostro. Me paré. No entendí lo que era esa pulsación en mi pecho.

—Voy al baño —pronuncié a secas.

Julia se asustó un poco con mi reacción. Dejé el cuaderno en la mesa y me fui directo al baño. Mantuve la mirada agachada. Me sentía sonrojado. ¿Qué podía estar pasando? ¿Por qué me sentía así, tan… tan apenado? Lavé mis manos, no podía pensar en algo concreto. Tenía en la mente la imagen repitiéndose de él sonriendo. Yo sonreía igual al recordarlo.

«¡No! ¿Por qué sonrío? Es lindo, y me vio, ¡me miró! ¡¿Por qué eso me está causando tanta euforia?! ¡Él sólo me notó!» En definitiva, me sucedía algo extraño.

Entre todo mi lío de pensamientos, oí la puerta del baño abrirse. Era él acercándose a mí. Fue veloz. Yo retrocedí, y topé con la pared. No tenía a dónde huir. Mi reacción, irremediable, me delataba. El nerviosismo estaba presente. Mis palpitaciones eran rápidas. Se estaba acercando más, y más. Me excitaba. Era inquietante.

—¿Por qué llevas rato mirándome? —dijo en un tono hostil.

¡Se había dado cuenta! Ahora, el sentimiento era de humillación. Pero antes de poder decir algo, él se empezó a reír.

—Eres adorable.

De verdad que no entendía nada. Él, se volvió a acercar.

Estando cara a cara dijo:

—Mi nombre es Apolo.

El contacto visual no se detenía. Al verlo con tanto detalle no me pude contener. No dejé que continuara. Toqué sus mejillas, quería confirmar la veracidad de su existencia. Su piel era suave. Me inducia a acercarme un poco más. Sus ojos destellaban, no dejaban de mirarme, y en mi mente rondaba unas inmensas ganas de besarle.

Por fin había encontrado quien me hace temblar con una expresión, y, ese alguien estaba frente mío. Sin darle muchas vueltas a la situación, yo, lo besé. Sin protesta, él lo continuó. Podía escuchar la respiración de ambos en calma. Sentía un equilibrio entre nuestras presencias. No necesitaba más, era, en absoluto, placentero. Ahora sabía cómo era esa magia. No la tuve que buscar. A mí llegó como una fantasía, y se manifestó en vida, sin esperarlo de verdad. Yo sentí la magia que creía no existía para mí. Lo entendí en ese momento; la persona de mis sueños, ese, quien creí que era el amor de mi vida, siempre fue un chico. Todo es claro. Ninguna relación me funcionó, con ninguna chica me sentí cien por ciento a gusto, por el simple hecho de que, a mí, lo que me gusta, son los chicos. En especial uno ahora, cuyo nombre es Apolo.

—¿Qué haces? ¡No! Déjalo ahí, ¡llama a alguien!

»¡No lo muevas! ¡No lo estés moviendo!

—¡No! ¡Suéltame! ¡Que me sueltes! ¡Es mi hijo! Es, mi, mi niño.

»Oye, oye, ¡Víctor! ¿Por qué no despiertas? ¿Por qué? ¿Por qué hiciste esto?

UNA BODA

Esta mañana recibí tu carta, ¡te vas a casar! Vaya sorpresa, me alegro con plenitud por ti, pero no sé si estoy dispuesta a asistir.

¿Por qué hacer esto? No he sabido nada de ti desde hace ocho años. Desde que tú decidiste partir sin previo aviso. ¿Por qué te apareces así en mi vida ahora? Aún pienso en ti, no me he podido alejar de la idea fantasiosa que me creé ante tu presencia y tú, al parecer estás como si nada de lo que pasó hubiese importado.

Sé que tal vez exagero, perdón por desatar así mis sentimientos contigo, pero me doy cuenta de que seguiste con lo tuyo, tomaste un camino muy aparte del que estaba planeado y yo no hice más que estancarme. Ahora es tiempo de dejar de aferrarme a ti, a tu existencia.

No fui la primera en tu vida, me queda claro, y mucho menos logré ser la última mujer que te acompañaría hacia tus sueños. Pero, aunque ya no importe, ten por seguro que tú sí fuiste el primero; ese quien logró penetrar mi mente y controlar las palpitaciones de mi corazón a su placer. Con esta noticia, ahora sé muy bien que de verdad anhelo, con la deslumbrante esperanza que mi pecho desprende en llanto, que usted no vaya a ser el último hombre que logre tal efecto en mí.

Yo era una chica irrelevante como el resto, sólo asistía a mis clases, tomaba apuntes y entregaba mis trabajos sin participar en clase o algo extra. Así vivía mi vida, en plena rutina de aburrimiento sin esperar mucho de mi futuro. Recuerdo que tú cambiaste eso, apareciste un día al azar frente mío y te presentaste como cualquier persona lo hubiera hecho. Por alguna razón que desconozco había llamado por completo tu atención, mi nerviosismo no ayudó mucho ese día, es gracioso recordarlo, comencé a tartamudear cuando quise responder a tus palabras, tú sólo reíste y me dijiste que no tuviera miedo, que eras igual de humano que yo.

Trasmitías una extraña confianza en la mirada, como si estuvieras sin preocupaciones. Sólo te veías feliz por la vida, eso me hizo querer conocerte a fondo. Parecías divertirte, yo quería algo de diversión pues mi rutina comenzaba ya a irritarme. Me encariñé rápido contigo. La peculiaridad que poseías no la había visto en cualquier otra persona. Hablabas con fluidez sobre cualquier cosa que se te ocurriera y tus ideales siempre iban firmes, no te podían doblegar.

Los comentarios o chistes que yo hacía a ti te encantaban, lograbas entenderlos o me seguías el juego al igual que yo te seguía con todas tus ideas.

Eras igual de desconocido que yo en la escuela, pero en tu caso era porque no asistías la mayor parte del tiempo. Me sorprendió lo intrépido que podías llegar a ser incluso rodeado de miedo. La fachada que te cubría era por completo diferente a la persona que me mostraste ser. Perdiste un año de la preparatoria por las faltas que habías acumulado, todo porque odiabas estar sólo. Eso te llevó a acercarte más a mí, así ya no estarías solo.

En compañia de ambos cursamos el último año. Comencé a ayudarte en los estudios, no era difícil, eras demasiado capaz para entender los temas. El único problema era lo flojo y distraído que resultaste ser para la escuela. Pasamos todas las tardes tratando de erradicar eso, pero en lugar de estudiar comenzaste a mostrarme la visión que tenías de este mundo. Nos sentábamos en el pasto del parque situado enfrente de la casa de tus padres, siempre había una zona bajo de tres árboles que tenía sombra y nos recargábamos justo en el que estaba en medio. Era algo fantástico. Con una sonrisa en rostro contabas todo lo que te lograba deleitar de este mundo, por más pequeño que fuera el detalle que te alegraba, yo te escuchaba enrojecida. Eran cosas que no me detenía a siquiera pensar, algunas eran un tanto ridículas, pero reflejaba tu encanto. Como la vez que me dijiste que las frutas lloraban al caer al suelo por separarse de quien alguna vez les dio vida, o esa ocasión en la que afirmabas estar siendo acosado por una ardilla, no te podía quitar de la mente el que te había estado siguiendo desde tu casa con una mirada de enojo, reí demasiado pero tu carita tan seria al asunto me hizo tener que amenazarla para que no te hiciera algo malo. Decías que la lluvia surgía para purificar todo el caos y te situabas debajo de ella cuando querías disculparte por hacer uso de algo natural sin que este te hubiera dado permiso antes. En la calle, cuando caminábamos juntos siempre te parabas al ver algún insecto o pequeña criatura caminando frente a ti, esperabas tu turno, no la podías agarrar porque ese acto sería demasiado «descortés» de tu parte.

Añoro esas ocasiones en las que demostrabas lo extraño e irónico que llegabas a ser, fueron los mejores momentos que pude haber pasado…

Un día, sentados debajo de aquellos árboles, tú miraste arriba con cierto aire de tristeza y dijiste:

«Incluso cada una de las hojas tiene una función, son muchas para complementarse entre sí, nos dan sombra; obtienen energía del sol dando oxígeno, purifican este aire y así dan vida al árbol y a otras criaturas. La tierra también tiene una gran función, les da a las plantas un lugar donde poder vivir. Todo esto es muy bello, pero me entristece, ellos hacen todo eso, tal vez sin la idea de que lo que hacen lo llevan repitiendo toda su vida, una y otra vez sin saber bien lo que pasa a sus alrededores y, aun así, son más importantes que el ser humano. Nosotros destruimos cosas para nuestro consumo, es algo demasiado egoísta. Mientras que en la naturaleza cada uno aporta su parte, nosotros sólo interrumpimos. Yo ya no quiero esto, pero da igual lo que yo quiera, no puedo simplemente convertirme en un preciado árbol. Igual yo también consumo para subsistir, pero trato de no desperdiciar lo que ya llego a tener, consumo como tú y como el resto, como si de verdad no importara».

Te gustaba mucho la naturaleza, incluso consideraste la idea de dedicarte a ser fotógrafo de vida silvestre, pasar horas en silencio y sólo tomar fotos de lo magnifico que te parecía la armonía de este mundo sin humanos. Me encantaba la idea que poseías sobre tu futuro en ese aspecto, al principio me sonó aburrido, pero al pasar tanto tiempo a tu lado sólo contemplando cada detalle de tres arboles entendí que podía ser algo en suma relajante.

Te temí cuando al terminar la ceremonia de graduación llegaste eufórico con la idea de cómo por fin podrías ser uno con la naturaleza.

«Debo ser parte de este círculo de vida y quiero que tú me acompañes», comentaste.

Fue demasiado repentina esa propuesta.

«¿Ser parte de este círculo de vida?»

No te había comprendido hasta que contaste todo lo que traías en esa mente.

Querías que pereciéramos, justo en medio de los árboles en los que solíamos pasar la mayor parte de nuestro tiempo, así, nuestros cuerpos permanecerían ahí para dar más vida. Siendo sincera, estaba muy loca tu idea, te lo hice saber; si nos encontraban ahí nuestros familiares reclamarían los cuerpos y nos distanciarían del lugar, la meta nunca se cumpliría.

«Por eso vamos a dejar nuestras peticiones en papel antes de irnos», contestaste igual de entusiasmado. «Así tú y yo podremos estar juntos, siempre tranquilos sirviendo a lo que sin objeción da vida»

En verdad me seguías asustando, aunque no sonaba tan mal siempre y cuando estuviera contigo, en eso, la idea se ensombreció cuando te pregunté:

«¿Esa es tu idea del amor?»

Tu sonrisa se borró.

«Yo no creo en el amor», me respondiste.

«Entonces, ¿tú no me amas?», pregunté intranquila, pero lograste de alguna forma sonar reconfortante.

«No creo en el amor, pero sé que siento algo por ti, por eso no me molesta idear un camino como este a tu lado».

¿Qué fue lo que pasó en todo este tiempo que esa idea tuya mutó? Tal vez en ese tiempo tú creciste, maduraste de cierta forma. Igual, no creo que sea de mi incumbencia el saberlo, sólo me alegro de que sí pudiste encontrar a alguien a quien amar.

Quise aceptar tu plan incluso si no me llevaba a un final trágico de amor como el que llegué a desear; estaba tan clavada contigo que con facilidad te hubiera seguido hasta el final, pero, me dio miedo y negué poder hacer algo así contigo. Fue tarde cuando me arrepentí de esa decisión, había terminado el curso y ya no volví a saber nada de ti, desapareciste por completo. Tus padres tampoco tenían información de tu paradero por lo que decidimos pensar en lo peor: habías decidido ir por tu cuenta a algún recóndito lugar para que no lo impidiéramos, para que pudieras ser uno con la naturaleza.

Nunca pude quitarte de mi mente, pensé varias noches en qué debí, con fidelidad, acompañarte. Debí estar a tu lado en ese último momento crucial de tu vida, pero, por mi miedo desperdicié lo que pudo haber sido un muy bello final. Todo para que resultara el que sigues vivo, espero ya les hayas dado el aviso de tu casamiento a tus padres, no sabes el infortunio que fue para ellos los primeros años de tu desaparición.

No sé cuál fue tu motivo o a dónde te decidiste por ir, eso ahora ya no importa. Te deseo de todo corazón que tu vida actual esté de maravilla y que tu carrera de fotógrafo sí se haya cumplido y bueno, lo repito, no asistiré a tu boda por más deseos que tenga de volverte a ver, pues no creo que pueda soportar el verte verdaderamente amando a alguien.

Escribo todo esto para el desahogo de mis recuerdos y por fin deshacerme de todo el cariño u obsesión que alguna vez tuve sobre ti.

Adiós, Theodor, siempre te amé, pero por mi sanidad ya no quiero saber de ti. Por lo mismo te pido que por favor evites el saber de mí.

TUYO

La verdad es que ni siquiera capté el momento en el que ya me hallaba inmerso en ti. Me atrapaste, y jamás supiste que, a tus pies, yo te admiraba con calma.

Conozco tu aroma, es peculiar, parece ser neutro, pero lo recuerdo. Lo tengo en mi olfato al caminar por el patio, al atravesar la calle, al correr hacia la tienda. Recuerdo ese aroma tranquilo atravesándome, al tiempo que, con tus brazos me apretabas; no tenías mucha fuerza.

Recuerdo ese aroma, porque sin ti a mi lado para recitar que no me altere, siento como si me faltase algo.

Me faltas tú, eso es obvio. Y no sé por qué quiero tenerte implorando, si cuando pasó, lo que hice fue alejarte. Lo hice, no quería, pero, de cierta forma, lo hice. Sabía que te tenía conmigo, que, si te hablaba, tú acudirías a mí y me amarías. Ahora siento esa ausencia.

Me has tratado como yo lo hice contigo, y te extraño, pero parece que ya me estás olvidando.

Me enamoré de ti. Me parecía extraño. Me enamoré; sigue pareciéndome extraño. Me mostraste cariño. Lo hiciste, con quien nunca aceptó cercanía con nadie.

No te rendiste.

Estabas ahí, yo te veía tan hermosa riendo, hablando con gracia, sacudiendo tus lentes. Yo te veía, agradecida de tenerme, mientras que yo trataba ocultar que nunca querría dejarte.

Nunca sentí atracción hacia las mujeres. No me interesaban, no me encantaban. Es por ello que, aun no lo entiendo. Mis intenciones son vacías: no quiero nada más que saber que poseo tu cariño, que tendré siempre tu compañía.

Solía ver el cielo a tu lado. Yo volteaba hacia arriba, y tú me observabas extrañada. Me recostaba en tus piernas, dejaba que me tocaras el cabello.

Repudiaba a todo ser humano que tratase de acercarse, repudiaba sus miradas, repudiaba la amabilidad. Pero a ti te amé. Amaba que me tomaras fotos, aunque no me gustaran, amaba que tu risa invadiera mi silencio, amaba tu fina cara, y amaba esa delgada nariz a la que se le resbalaban los lentes.

No avancé.

Pienso en ti como la única persona con la que pude establecer un romance. Pienso en ti, como el eterno vacío del cielo en el que siempre he deseado y temido perderme. Pienso en ti, pese a que ya no me hables, nombrando tu esencia a los otros, mencionando de tu existencia a todos. Pienso en ti, ya que siempre estás en mi boca, resonando, temblando ante los oídos de quien cruce, pues de ti, y de tu aura les hablo, y de lo mal que estaría, si algún día, por fin decides revelarme, que no requieres más de mi presencia en tu vida.

Elliot Kendryek

DUELO

Cuando la abuela murió, no pude expresar tristeza alguna; es algo que aún me pesa. Pienso en eso cada día, obligándome a soltar en llanto y lo único que surge en mí es un inminente ardor el cual pareciera secar por completo mis lágrimas. Ojalá no hubiera sido tan inepta, debí haberla visitado más seguido, pero no lo hice, creí que no había tiempo para eso, durante varios años lo fui postergando.

Que imbécil, yo tenía todo el tiempo bajo mi poder, ella no.

Me enteré de su muerte en una simple mañana. Acababa de comprar unas cuantas cosas para la comida de esa tarde. Iba de regreso para mi casa cuando recibí una repentina llamada, en un principio no la hubiera contestado, en lo personal me desagradan bastantes las llamadas telefónicas, me es en suma inquietante el tener que hablarle a ese aparato en espera de que me contesten sin saber si me escuchan bien del otro lado o si mi voz se llega a escuchar de alguna forma extraña, en fin, siempre cuelgo sin tener curiosidad sobre lo que quisieran decirme. Las únicas llamadas que logro atender son cuando en verdad se trata de alguien que tiene ganado mi afecto, en este caso, fue mi padre de quien se trataba. Al escuchar su voz contesté alegre, es común que en sus llamadas trate de saber sobre mi día, o de cómo me encuentro, es algo en verdad muy grato. Mi sonrisa se borró cuando comenzó a hablar, sonaba molesto, no, más bien su tono era serio. Él me explicó muy rápido lo que recién había pasado, pero por alguna extraña razón no pude escucharlo bien, era como si mis tímpanos se cerraran ante la noticia para que a mi mente no lograra pasar la información. Confundida, le pedí que repitiera lo que recién había comentado, en ese instante ya no volvió a dar explicación, sólo soltó la noticia, a secas, para que yo lo pudiera entender.

«Tu abuela acaba de fallecer», me dijo.

Las palabras repercutieron con rudeza en mi pecho, como un golpe firme y directo. Ante eso, mi reacción fue sólo el de quedarme perpleja. Le pregunté cuándo había pasado eso, dijo que ocurrió durante la noche, durante que se encontraba dormida.

Al finalizar la llamada, quise seguir mi día con normalidad, pero este ya se había apagado. El funeral se acercaba y eso era lo que rondaba con particularidad en mi mente.

No esperaba que estuviera tan próxima su muerte, hace apenas una semana de eso que la había ido a visitar. Se le veía muy mal, bajó tan terrible de peso y se la pasaba acostada, no había de otra; todo el cuerpo le dolía. Mi padre la saludó casi a gritos para que pudiera escucharlo, con dificultad oía toda la oración que le decía, lo tuvo que repetir varias veces para que captara el que su nieta estaba allí visitándola. Me paré a un lado de la cama, viéndola, evitando a toda costa llorar frente suyo para no hacer débil al ambiente. Antes de visitarla me encontraba en la casa de mi padre, él me dijo que no debía llorar enfrente de ella, que tenía que calmarme para no ponerla triste. Quise saludarla, pero temía alzarle la voz. Lucía tal delicada que no tuve el corazón para hacerlo, me sentiría demasiado brusca al intentarlo. La abuela empezó a quejarse con apenas ganas en su timbre de voz, sus ojos permanecían cerrados. Tan dulce se le veía descansando, pero no creo que ella lo sintiera de esa manera. El dolor seguía, y eso, en definitiva, no era algo que pudiera evitar. Mi padre comenzó a sobarle sus brazos inflamados, justo en donde decía que se encontraba su dolor, sus quejidos eran cada vez más altos, yo no sabía reaccionar, el verle tan doliente me heló. Mi padre dijo que le sobara, que ayudara a atenuar su dolor, pero me dio miedo; ¿y si hacía que le doliera más? ¿Qué tal si le provocaba algún daño a su piel? Tenía textura de papel, y yo, nunca he tenido cautela con mis acciones. Mi temor, en verdad era potente. Lo único que pude expresar ante su petición fue un rostro acongojado, temeroso, implorando el que no me obligara a hacer eso… esa última vez no me atreví a tocarla, no pude, un escalofrío rondó por mi espalda hasta agitar mi cabeza. Yo sólo temblaba, evitaba llorar, no debía llorar, tenía que mostrarme fuerte para ella.

Mi padre durante bastante tiempo hizo bromas respecto a la muerte de su madre antes de que pasara, decía que la abuela ya estaba más del otro lado que de este, seguido, añadía unos cuantos chistes de no tan buen gusto. Cuando hacía esto, yo quería suponer que él, de alguna forma, esperaba asimilar lo que era inevitable que pasaría. Sé que sufría, a su modo, pero lo hacía. En una ocasión le pregunté sobre el estado de la abuela, él cambió su expresión y el entorno fue tornándose lúgubre.

«Está muy, muy mal, el dolor le invade el cuerpo, no come bien, ni siquiera puede caminar. Se la pasa todo el día en cama, durmiendo. El otro día que fui a visitarla para ver si necesitaba algo y darle unos masajes que aminoraran sus dolencias, ella me contó bastante contenta sobre lo que alucinó sobre su día. Me dijo que bajó con normalidad las escaleras hasta llegar a la cocina, no le dolía nada así que se puso a cocinar, como lo hacía antes. Al contarme todo eso sonaba alegre, como si siguiera soñando al decirlo.»

Después de eso mi padre me dijo que era ya momento de que dejara de sufrir, que debía perecer por su tranquilidad, así ya nada le dolería, podría estar en paz, pues no debía resignarse a ser libre sólo en alucinaciones mientras su cuerpo agonizaba entre dolor.

Yo conocí muy poco a la abuela, sólo son fragmentos de mi infancia los que están presentes. Recuerdo que ella era alguien muy risueña. Siempre que llegaba me recibía con halagos y una enorme sonrisa con sus ojos achinados. Ella me abrazaba muy fuerte, como si disfrutara de ello. En el cuarto retumbaba el suave sonido de su risa. Recuerdo que siempre se mecía en una silla cuando veía televisión. Me sorprendía bastante esa silla, pero no me dejaban sentarme ahí, la podía romper y eso hubiera sido un gran descalabro.

Las veces que estaba en su casa no era algo entretenido en realidad, no había mucho para hacer, por lo que la rutina era ir sólo a comer o platicar un rato. También recuerdo que las festividades yo la pasaba con ella, mis padres aún estaban juntos por lo que pasábamos una parte del festejo en casa de mi abuela paterna y la otra parte con, por supuesto, la familia materna. Cuando crecí, eso dejó de ser así. Tuve otros planes, olvidé por completo que tenía una familia a la cual visitar.

Comencé a tener malas experiencias en las festividades de adolescente. Para mi madre, pasarla al lado de ella y su familia era prioridad, por lo que me prohibió tan abrupto el poder pasarla con mi otra familia. Esto convirtió a las festividades en no más que una obligación, en algo que comencé a odiar. No logré llevarme con mi familia, por un lado, porque no podía entablar una sana conversación. Estar con gente que con tanta claridad muestra desinterés por tu existencia era algo tedioso. Por otro lado, no es que no me lleve bien con mi otra familia, es sólo que no tuve la oportunidad para saberlo.

Los primeros años extrañé pasarla con mi abuela, se lo decía mi madre, pero le enojaba mi petición y negaba con rudeza aquella posibilidad. Pasaba la noche que todo el mundo añora, llorando entre las cobijas o incluso enfrente de la familia de mi madre, todo, porque debía de estar allí, en un entorno hostil y vacío. Me inundo de vergüenza con tan sólo recordar el grado al que llegaba a estar, pues yo no era más que una niña berrinchuda ante los ojos de mi madre. Mi sufrir era un siempre un absurdo berrinche.

Los festejos llegaron a ser sombríos, aburridos, por lo que comencé a dejarlos a un lado, de manera prolongada, hasta que fueron retirados en su totalidad de mi calendario.

Aún con todo esto no me excuso de culpas, debí ser alguien fuerte, seguir firme ante mis deseos y no permitir que estos se marchitaran, pero, no he sabido cómo hacerles frente a mis voluntades desde hace años. Yo decidí al crecer que era mejor reprimirme, ante todo, y conservarme a lo aburrido para quedarme con lo que se me era posibilitado.

Fueron nueve días en los que se hicieron los honores para despedir a la abuela, ella, antes de irse, lo había pedido así. Yo sólo pude acudir dos días antes de que ocurriera el funeral, Fui acompañada de mi padre, avergonzada de dar aparición en la familia en una ocasión así. Cuando entré a la casa de la abuela —

allí se realizaron sus rosarios— todos se encontraban sollozando con pañuelos en mano. La tensión era impresionante, podía sentir sus tristezas reflejadas impregnándose sobre mi pecho. Me senté cerca del ataúd, no había más sillas disponibles, y esperé a solas, tratando de pensar si lo que ocurría era real, al tiempo en el que mi padre saludaba uno por uno a su familia. Quería llorar, claro que quería soltar en lágrimas, pero se me impedía, ya que algo dentro de mi replicaba: «no llores frente a la abuela, debes calmarte». Como si ella hubiera podido verme al hacerlo. Después de inundarme un poco con mi conflicto de si llorar o no, sentí un gran nudo en la garganta. Todos se pararon y una tía que, con obviedad desconocía, dirigió unas palabras. Al terminar, el rezo dio inicio, repetí unas cuantas palabras que todos en conjunto recitaban, pues yo no me sabía el rezo con precisión.

No dejaba de sostener la mirada hacia donde el ataúd se encontraba. Veía cada detalle, las líneas marcadas en la madera y lo brillante que se veía. En eso, me percaté de la infinidad de flores que alrededor del reposo de la abuela se encontraban. Había flores blancas, ramos de rosas, arreglos de girasoles con petunias y más flores blancas. Entonces, me puse a imaginar, diseminando el sonido del fondo, en cómo se vería un funeral al estar rodeado de bellas flores rosadas, sólo eso, cualquier tipo de ramo, en un jarrón o en un arreglo, en ramilletes o ramos, todo en abundancia alrededor del difunto. ¿Por qué pensaba en flores rosas? La verdad es que no tengo idea, es algo que pasó por mi mente, era un muy lindo escenario, por lo que una atenuante sonrisa en calma salió de mí. Seguido de eso desperté, el lugar ensombreció con voces en coro sin ánimos, recitando las mismas palabras una y otra vez. Cuando finalizó el rosario, mi padre me dijo que fuera a despedirme de la abuela, que me acercara a su cuerpo y le dedicara unas palabras. En ese preciso momento pensé en disculparme; por haberme asustado; por olvidarla. Pero no me atreví a pararme, no quise verla, hubiera sido algo que no soportaría. Le pedí que mejor nos fuéramos ya de ahí, estaba oscureciendo y quería descansar un poco. Al día siguiente también asistí, fue una situación bastante similar, a excepción de que en ningún instante me despegué de la decadente realidad. No nos quedamos a finalizar el rezo, era largo y comenzó a ser tedioso.

Mi padre tampoco quiso quedarse a escuchar todo, por lo que nos fuimos sin más. El día del entierro no fue más agradable. Mi padre y yo llegamos al cementerio muy temprano, así que esperamos a que llegara la familia en la entrada principal. Tardaban demasiado, decidimos caminar un poco por el cementerio, entre lapidas y pasto, a ver si encontrábamos el lugar en donde el abuelo estaba sepultado, pues ahí mismo enterrarían a la abuela. Nos distrajimos con eso, papá comenzó a contarme sobre otra cultura y los rituales que ejercían antes de enterrar a un ser amado, la verdad es que no recuerdo bien los detalles de su historia, lo que sí recuerdo es que hacía más serena la espera. Encontramos la tumba, estaba un tanto lejos; asimilamos el lugar con un número. Creo era el ocho, o tal vez el once, mi memoria anda muy mal, así que no puedo decir con certeza aquel número.

Al saber dónde sucedería, nos dispusimos a regresar a la entrada, los demás ya se encontraban allí. Volvimos a caminar, el transcurso era silencioso, había quienes aún seguían llorando. Podía notarse el cansancio de los presentes con tan sólo verle a los ojos, cuyo de estos la rojez sobresalía. Tardaron en dar inicio al último rezo, después, volvieron a dirigirle unas palabras. Le agradecían por ser buena madre, buena abuela y por la gran persona que fue. Yo me concentré en verlos a todos, vi rostros que no conocía y rostros de los cuales había olvidado existencia.

Mi dispersión fue interrumpida por un grito estrepitoso de tormento. Una prima, a la cual se le veía muy tranquila durante los rezos, desbordó; no pudo soportarlo más; imploraba con ansias el regreso de la abuela. Cayó al suelo, su garganta raspaba las dolencias que había guardado, resonando a los alrededores. Nadie hizo algo para callarla, era lo mejor, debía sacar todo lo que se tenía reprimido. Sentí una grave impotencia por no poder desahogarme en ese instante, pero estaba bien, ese no era mi momento. Se fue calmando con lentitud, algunas personas le ayudaron a levantarse, y con eso, prosiguieron a enterrar a la abuela.

Ese fue el final, no me pude disculpar, tampoco me digné a despedirme. Cuando todos se estaban yendo me paré frente a su lapida, en mi mente traté de decirle todo lo que lamentaba, sin intención de ser escuchada, ya que no me atrevía a alzar la voz.

Semanas después de eso yo seguía con un aire sombreado, sin

ánimos, ni tristezas, era una sensación neutra, como si estuviera con sueño todo el tiempo. Me cité con un amigo, quería hablar con alguien, distraerme o algo así, pero de alguna forma volví a tocar el tema.

Le pregunté si era normal no sentirse triste con algo que estabas esperando, cuando al momento de esperarlo sí estabas triste. Me respondió que así llega a pasar cuando se está en duelo, cuando ya esperas la muerte de alguien cercano porque es evidente que pronto pasará o porque el medico así lo ha indicado. «Como es algo que ya te esperas, te vas haciendo a la idea, claro, duele, te entristeces al pensarlo, pero así es como lo sigues asimilando. Esto pasa igual con las "falsas alarmas", surge un percance con esa persona y ya te esperas lo peor, pero nada pasa, como sea ya sufriste como si la perdida ya hubiera pasado. Por eso hay veces en las que cuando al final sucede lo que ya te esperabas, no llegas a sentirte del todo triste o devastado. Sufriste lo que tenías que sufrir antes de que en realidad pasara.» Sus palabras me dejaron pensando por un rato.

Era verdad, me hice tanto a la idea que cuando el suceso llegó, no pude sentir algo al respecto. Todo el dolor salió con desenfreno antes de que pasara lo que debía doler. Con esta platica salió otro ejemplo entre nosotros, algo sobre una relación amorosa: puede que te fascine la presencia de tu pareja, ames los momentos a su lado, pero por inseguridad comienzas a sospechar que de alguna u otra forma te dejará y eso en definitiva te llega a desgarrar a tal punto de pensar demasiado esa posibilidad, es entonces que comienzas con la tortura, «¿Será por mi personalidad por lo que me dejará?» «¿Es que no soy tan bonita?» Lloras noche y día pensando que te dejará, que en verdad pasará. Y así es como de alguna forma te llegas a familiarizar con la idea, tanto que, cuando tu pareja comienza a ser cortante ya te da igual, y cuando por fin, en una plática entre ambos, te dice que tomó la decisión de ya no continuar con la relación, es extraño, pero ya no puedes ponerte triste. Los ojos te pesan, sientes con lentitud a tus brazos temblar, pero ninguna lagrima sale, como si el suceso fuera irreal y estuvieras atrapado dentro de una burbuja que te inyecta una calma muy pesada. Concordamos con esos casos, a él le había pasado con su pareja y a mí, con la muerte de un familiar.

La plática me ayudó demasiado, regresé a mi casa un tanto re confrontada esa tarde.

Después de unos días vine a visitar a mi madre, me sentí con la necesidad de verla. Platicamos un rato con agrado, era algo ameno hablar sin ninguna molestia, ni conflicto entre nosotras. En eso, dentro de la conversación recordé un momento de pequeña con la abuela. Se lo conté y reí un poco al sentir la melancolía… al tiempo, miré a mi madre directo a los ojos, tomé un breve momento de silencio y le expresé, con la mirada cristalizada: «La abuela murió». Ella me abrazó con fuerza y acarició con cautela mi cabeza, en ese momento las lágrimas fluyeron de mí sin consolación. «La abuela murió», replicó mi madre.

Elliot Kendryek

HE DECIDIDO NO VIVIR MÁS

Guardo un temor hacia las personas que poseen los quince años entre sus dedos. Ellos lo tienen todo, y yo, aunque alguna vez cumplí tal edad, no supe aprovechar lo que estar tan joven significaba.

Yo tenía veintitrés justo cuando conocí a aquella niña tan agradable. Niña, a la cual tal vez no debería llamar así, puesto a que deslumbraba quince, es sólo que, ante mis ojos, ella siempre fue eso; una niña.

Necesitaba silencio. Despejarme de cualquier distracción relacionada a lo digital. Estaba harto de ello. No toleraba más el viento atravesando la ventana. El dolor de espalda me mataba, no recomendaría estar encorvado hasta altas horas de la noche, y con los hombros levantados. La bebida energizante era mi aliado. Sus burbujas explotar en la garganta señalaban a mi cerebro que era momento de volver a agilizarse. Me ardían los ojos, no aguantaba la luz del computador a ciegas de la casa, pero prender los focos de los alrededores me provocaban mareo por la intensa luminosidad. Pero eso no era nada, mi corazón no paraba de palpitar con exceso a cada segundo que pasaba dentro de la casa, el pecho también me dolía con eso. Estaba harto. Todas esas palabras a través de la pantalla llegaron a golpearme la cabeza, y la sensación no podía parar, pues el descanso no se me era permitido por el pensamiento de que debería estar haciendo cualquier otra cosa que fuera mucho más importante. Y todo, sólo para establecer un futuro del cual ni siquiera tenía la certeza de querer conseguir.

Exhausto de tronarme las manos, de acomodarme los lentes, de considerar peinarme o continuar estudiando. Cansado de presenciar la madera, tan única, posando de mesa. Y estresado por tener que aprender por mi cuenta, ya que las otras personas del otro lado se hallaban cansadas de realizar su trabajo; concluí con mis estudios. Realizando la titulación a base de mi promedio. Había acabado con eso sin tener idea de lo que podía realizar para después. ¿Tenía que trabajar? ¿Debía comenzar a ganar dinero para vivir por mi cuenta? Se me pedía experiencia, haber trabajado ya en otras empresas, y yo, lo que tenía eran estudios, esos que gané al sentarme en una butaca, en la biblioteca, y hasta en mi casa. Cada día, de cada semestre. Pensé en cursar una maestría, y, posterior a eso, seguir con algún doctorado. Aquello me sentaba muy bien. Lo único que sabía de la vida era el cómo estudiar con esmero.

«Me pagarán», pensé. Conseguir una buena beca estaba a mi mando. Estudiar y recibir dinero por ello estaba considerado, ¿pero, y luego qué? Mi experiencia seguía siendo nula, y planear lo que se vendría después me estresaba.

Ese día, agarré mis llaves, y algunas monedas, y, decidido a caminar por un rato al exterior, me coloqué la mascarilla. Quería estar solo. Que el viento me tocara los ojos, Que el sol me atacara de nuevo. El movimiento físico lo evité por meses. Había olvidado cómo caminar, cómo hacerlo a grandes distancias. Se sentía raro, no sabía si tenía que mover los pies hacia enfrente o uno al lado del otro. La espalda me molestaba fatal al mantenerme parado, creo, que hasta me sostenía chueco, y la columna me lastimaba. Con cada paso, la respiración se me agotaba, era difícil tratar respirar con esa cosa del cubrebocas puesto, así que trataba de tomar el aire por la boca, mientras que el tórax se me iba expandiendo.

Pateé una botella aplastada que se hallaba en el suelo cuando la insólita avenida comenzaba a aburrirme. —La gente se mantenía aislada, era común en aquellos días—. Una parvada de palomas sacudió sus plumas a mi cabeza con el ruido de la botella, y el aire acompañado de tierra me elevó el cabello. Seguí caminando, con una expresión de asombro al observar las aves. Con ello no noté la proximidad que tenía hacia un callejón rumbo a un pequeño parque escondido. Un espacio entre casa y casa, con la anchura suficiente para que dos personas atravesaran de hombros. Lo miré un rato. Me gustan mucho esos muros en los que las enredaderas eligen crecer, miraba sus hojas, y el final del pasillo. Entré allí, sacudiéndome el polvo de la camisa. Las casas rodeaban la zona en verde, como si fuera un entero secreto el que un parque habitara en ese lugar. No había gente, sólo el puro ruido del aire circulando.

Encontré paz. Y un árbol gigantesco dando sombra a cierta banca debajo suyo. El escenario me era ideal para pasar unos momentos de descanso. Me acerqué, y la vi a ella. Estaba sentada a la merced del árbol con las rodillas elevadas. Sostenía una lata en su mano. Tenía la mirada hacia arriba, direccionada a las hojas. Me acerqué y me senté en la banca. Mis intenciones no eran molestarla. Mas era un lugar hermoso como para apartarlo de ser compartido. Pocos minutos pasaron de cerrar los ojos ante la sombra de los tallos, para percibir aquella mirada en silencio, con la curiosidad entre los ojos. Había sostenido su lata por encima, y colocado adecuadamente la mascarilla. Su cabello era lacio en exceso, con un fleco ladeado pasándole por encima de la ceja. Hablamos por un rato, sin necesidad de que se me acercara o yo a ella ~La distancia era un deber que todos manteníamos en mente durante esos meses~. Me contó sobre sus días, y la belleza que ella veía en aquel árbol.

«No sé por qué me da tanta tranquilidad, si sólo está quieto, aunque pase el tiempo».

La bebida que en mano poseía era un energizante. Lo bebía sin razón, ya que decía que ningún efecto en su cuerpo le provocaba.

—¿Por qué no estás en casa? —le pregunté.

—Me aburre eso de estar en un solo lugar… ¿Y tú? ¿Por qué no estás en casa?

—Estaba cansado.

—¿De qué?

—De planear vivir.

—Planear vivir, ¿yo debería comenzar a hacer eso? —se rio.

—No lo sé. Yo lo he hecho desde tu edad, pero, no sé cómo sea la vida para ti.

—Creo que, a mí no me importaría vivir, con tal de haberla pasado bien.

Con el transitar de los días, recurrí aquel parque a la espera de volverla a ver. Ella, llegaba contenta por las tardes, con la mochila a la espalda.

—Creí que vivías cerca —fue lo primero que preguntó al vernos por segunda vez.

—No, mi casa está a dos cuadras de aquí.

—¿Y por qué llegas a este parque?

—Es bonito, ¿no lo crees? Y tiene este árbol en el centro.

Se sentó junto a mí. Me pareció rara su confianza, pero en lugar de comentarlo, me fijé en lo poco que se veía de su rostro. Tenía una perforación en la ceja, y más en sus orejas.

—¿Te dolieron? —no mencioné el qué, pero parecía entenderme.

—¿Qué? No… Bueno, casi me desmayo al hacerme el de la ceja.

Soltó una pequeña sonrisa.

—¿Y por qué lo hiciste?

—Nomás. Fue divertido. Se ven bien. De hecho, le tengo pavor a las agujas —comenzó a reír—. No puedo verlas sin querer llorar.

Mi expresión fue confusa.

—Lo sé, eso se escucha muy ridículo.

—No tanto. Yo veo una manera de vencer tus miedos.

—¿Eso crees?

—Por supuesto, ¿a qué más le temes?

—Quiero pensar que a nada más, aunque, en realidad, todo me llega a aterrar.

—¿Por qué querrías ocultarte tus miedos?

—Porque si no lo hiciera, no podría atreverme a combatir mi

aburrimiento.

Nos volvimos amigos durante varias semanas. Me mantenía entretenido con las preguntas que, a veces, ella misma se contestaba, y con las historias que creaba a manera de dudas, y juego. En una ocasión, aquella niña me pidió salir del parque para acompañarla a comprar unas cosas. Corrió todo el camino, obligándome a recorrer de pie el concreto. La mascarilla reducía mi aire, por lo que debía hacer breves pausas ocasionando que me esperara por ello.

—¡Vamos! Aún nos falta poco.

—¿Por qué corremos? Creí que tomaríamos el camión o algo parecido.

—Porque correr es divertido, y no me atrevería a hacerlo hasta el centro estando sola.

—¿Y yo soy una buena compañía para eso?

—Pues me haces compañía, y eres alguien bueno, ¿no?

Se burló y siguió corriendo, dejándome atrás.

Ella se veía tan libre. Su cabello se alborotaba con el aire, le recorría los hombros.

Esos días a su lado, yo me sentía libre. Sin preocupación, sin planear lo que debíamos de hacer. Era, como si en verdad estuviese vivo al no tener que lidiar con lo que pasaría después.

Pensé en lo absurdo que sería que una niña me estuviera enseñando a vivir. Una niña a la cual ni siquiera le preocupaba ese concepto. Vivir para ella no se trataba de nada, porque era simple lo que tenía en su anhelo; divertirse. En su momento, no supe distinguir si su meta se trataba sólo de una distracción, o si en verdad era lo suficientemente despreocupaba para conseguir sólo ese deseo. Después de un tiempo, entendí que no era eso de lo que se trataba, sino que, en realidad esa había sido su forma de conseguir la vida, y no sólo existir.

Me dan miedo aquellas personas que poseen los quince años, porque ellos sí saben vivir. A pesar de que creen que no pueden hacerlo. Ellos disfrutan, y hacen de su cuerpo un caos, ya que eso no debe alarmarles aún. Ellos corren, se escabullen, escapan a lugares lejanos y regresan en el mismo día. Pueden no dormir, disfrutan no hacerlo, o disfrutan hacerlo en exceso. Pueden mantenerse vivos cuando cualquier otra persona se está conformando con existir, planeando el qué será. Les temo porque tienen juventud, tienen deseo, y, aún con miedo, ellos siguen, enfrentándose a lo que les desagrada sin pensar en su bienestar. Pero no todos son así, yo soy un claro ejemplo de ello. Yo sí planeé, yo tuve miedo. Hice de esto una rutina, cuando la verdadera vida se ha basado en realizar cada día con diferencia. Eso me hizo ver esa niña.

Meses después de haberla visto tanto debajo de aquel árbol, su presencia nunca volvió a mi cercanía. Debí preguntar, en los días posteriores a su ausencia, yo quería preguntar su paradero, pero no sabía dónde o a quién cuestionar. Me dirigí a la tienda más cercana cuando en mi mente se hallaba la discusión de si debía abandonar ese parque. Quería saber de ella, de cómo continuaría con su vivencia hasta llegar a una edad con mayor número de responsabilidades. El señor que atendía la miscelánea a la que fui cuchicheaba junto a la puerta con una señora bajita.

—¿Entonces no se ha enterado?

—¿De qué? Señora, ¿de qué?

—La muchachita esta que vivía a tres cuadras de aquí ya se mató.

—¿Cómo? ¿Hablas de esa que nunca estaba en su casa? ¿Esa niñita que se la pasaba vuelta y vuelta por la colonia?

—Sí, sí, esa. Y pensar que todos aquí la conocíamos.

—¿Estás segura de que es esa? Si yo la veía re bien. ¿Por qué haría eso?

—¿Y yo qué sabré? Su mamá gritó cuando la encontró, pero al parecer no pudieron hacer más. Les daría mi pésame, pero como están las cosas, mejor no acercarme tanto.

—¡Ay, no! ¡Qué barbaridad! ¿Cómo por qué haría eso aquella jovencita? ¡Estaba tan chiquita! Vente, vamos a su casa —el señor se salió de su tienda y la tomó del brazo—, ¿cómo no le diremos nada a su mamá? —comenzó a caminar, la señora no avanzaba—

. No sean así Doña Clarita. Si ha de estar sufriendo mucho.

—No, no —se soltó—, ¿cómo crees? Si está el virus ese. Mándale mejor un mensaje, mira, te paso su número si tanto le quieres hablar, mira…

Escuché a los vecinos hablar con un tono tan alto como para querer pretender susurrar.

Mi corazón se contrajo, se sentía tan deprisa junto a la idea de que pudiera tratarse de la misma niña. Ellos acabaron por mencionar su nombre en medio el escándalo.

Había decidido partir, sin contármelo, sin plantearlo ante las dudas que me compartía. Ahora, el gran temor que se esconde dentro de mí ha de compartir espacio junto al cariño que sin notar le obsequié a esa niña.

Yo sé que suena ilógico el miedo que me dan las personas que tienen aún los quince años, y eso, habita por el temor que he tenido tantos años sobre no saber cómo vivir. Mi miedo nace de ellos, porque ellos pueden vivir, sin pensar aún, que su deber está en tratar de existir. Yo tenía una amiga que decidió vivir, para luego, desaparecer ante los otros. Es por eso, que, en ese preciso momento, yo decidí no vivir más. Existiría por dos, se lo debía a ella.

CONMIGO

La mañana había llegado. Un brillante rayo de luz atravesaba la ventana del cuarto, dirigiéndose a la cara reposada de Mariano. La suma pereza del ambiente le inquietaba.

Aún no se levantaba, no podía. Los ánimos negaban su total existencia. El recuerdo de una noche en particular lo abrumaba; en su mente, no paraba de proyectar la pelea ocurrida con Elena.

«¿Debí actuar distinto?», era la pregunta que, con mayor frecuencia, le retumbaba.

Breve rato quedó recostado, pero el joven se resignó a continuar con su día. A su izquierda, un pequeño bulto cubierto de cobijas se hallaba. Lo acarició con sutileza. Susurrando el nombre de su amada. Seguido, recitó un: «te amo», se acercó, y le dio un pequeño beso.

Tomó una ducha rápida, ya había desperdiciado bastante tiempo sumido entre pensamientos inconclusos. Pese a quedar limpio, al salir, la casa no dejaba de emanar un particular hedor, un tanto potente. Mariano lo habría ignorado, al igual como en los días anteriores, pero el aire llegó al punto de ser intolerable. No le quedó más opción que el abrir las ventanas.

Preparó el desayuno: pan francés, tenía miel; jugo de naranja, él las exprimió; fruta cortada en trozos muy pequeños; y unos huevos revueltos. Quería dejar relucir el detalle —sin motivo alguno—, sólo la idea de ser especial se apodero.

Sentado junto a la mesa del comedor, Mariano sonrió. Denotaba una paz, que, él mismo, no se podía describir. En su mente, él sólo cavaba agonía. Repetía palabras, hechos, que congelaban a su razón. Su expresión no concordaba. Sus ojos decaídos, y esa leve sonrisa, no provocaban más que cierto miedo.

Llamó a su novia:

—¡Elena! —gritó.

La silueta de la chica caminaba, desde las escaleras, con desapego. Ella se sentó frente a él, y contempló la comida. El silencio no perturbó. Elena no tocaba el plato. Traía la mirada agachada, eso le incomodaba.

—Ya no eres la misma de antes —comencé a decir—. No me diriges la palabra, tampoco te dignas a mirarme a los ojos. Sólo soy yo quien trata de continuar con esto, de hacer lo mejor para los dos, pero tu horrible comportamiento no me deja tratarte como lo mereces.

Admitiría que te extraño, pero carezco de realidad para afrontar tu ausencia, por lo que tú nunca te has ido, no me has abandonado.

Logro notar perfecto tu escasez, pero, por más que me lo pregunto, no consigo saber cómo fue que surgió. No paro de pensar en lo que podría decirte, sin permitirme animarme a contártelo, ya que sé que no me vas a escuchar. Me limito a decirte lo que sí dejas pasar. Y lo hago, ya con enojo. No quiero, pero me llevas a sólo poder hacerlo con enojo.

—Cuando te conocí, veías de mí lo que nadie más pudo. Comprendías el hecho de que yo no era más que una simple alma en pena, necesitada del resguardo y cariño de alguien. Te esmeraste en cuidar de mí, me quisiste. Obtuve de ti un trato que, por completo, desconocía.

—Era importante en tu vida, era, como si ante tus ojos yo fuera una deidad. ¡Era una deidad ante ti! —gritó al pegar, con fuerza, la mesa—. Y ahora, ni la mirada me puedes sostener.

Quisiera tener el valor para decirte esto ahora, pero no me haces caso siquiera. Estás volteada para otra parte, no puedo evitar molestarme. Perdona lo pavoroso de mi actitud, perdona si aún te provoco el daño. Te juro, que no son mis intenciones, es sólo que, ya no puedo aguantarme.

Ya no sé qué es lo que puedo hacer para remediarlo.

—¡Elena! ¿Acaso me escuchaste? Voltea hacia mí ¡Mírame! ¡Necesito que pongas de tu maldita parte! Te necesito aquí, conmigo.

¿Por qué te has ido? No alcanzo a comprender cuándo fue que todo esto llegó a su fin.

—¿En qué momento me dejaste de amar?

El sosiego que, esparcido entre el silencio, le aniquilaba por no obtener una respuesta. Se sentía solo. Mariano no sabía bien qué decir para recibir contestación. Parecía expresarse de una forma tan adecuada en su cabeza, era sólo que él no se estaba escuchando.

Lo último que Mariano quería era ser hostil. El ser ignorado le estaba quemando la cabeza. No lograba contener su mal temperamento.

El enojo tomaba total control.

Tomó aire. Debía hacer que Elena le volviera a amar, así que, con un tono más sereno, continuó la conversación.

—Sé que no llego a ser lo mejor para ti. Sé, que te soy una completa molestia, pero me amas, lo sigues haciendo.

No lo creo en realidad. Sé bien que ya no me amas. Tus prioridades cambiaron, y lo único que yo quería era ser el completo centro de tu atención. Eso fue, en definitiva, lo que ya no pudiste aguantar de mí.

En verdad perdóname, amor mío. Yo no quería volverme de tal manera, yo no quería ser mala persona. Sólo te necesitaba a ti, y tú me quisiste abandonar.

—Me temo que fui obligado por tu desobediencia.

La voz de Mariano se entrecortaba. Sus asfixiantes pensamientos le eran imposibles de abandonar. Eran, como rayones incomprensibles dentro de su mente. Ahí estaban, y no lo dejaban actuar con claridad.

Comenzó a sentir de sus ojos resbalar gotas. Puso ambas manos sobre su cara. Trataba de ocultar las lágrimas que el delirio le estaba provocando.

—Te he estado mintiendo, Elena. No he sido feliz estos días. El no saber cómo conseguir de vuelta tu amor me angustia. Me alimento muy poco, no logro pararme de la cama temprano como acostumbraba, y el tiempo… ¡Vaya! Se desvanece con un suspiro aún y cuando este lo sienta eterno —Mariano trató de limpiarse las lágrimas con el dorso de sus manos y continuó—. Porque sin ti, mi Elena, no llego a vivir bien.

»Cuando mamá murió, prometiste quedarte a mi lado. Por un momento, creí ya no tener nada, pero ahí estabas, extendiendo la mano para pudiera sostenerme de ti. Hiciste eso por mí, y lo único que supe hacer fue aferrarme a tus brazos para no tener que sufrir la sensación de que podría caer nunca más. Soy un parasito. Mamá murió por eso. El cansancio que significaba cuidarme la llevó al suicidio, pero, contigo, confié fielmente en que eso no pasaría. No tenía por qué ocurrir algo así.

»Era firme a la idea de que naciste para mí, para cuidarme, y para protegerme. Aunque, ahora sé bien que no eres mía, ya que tuviste el valor de dejarme.

»El día después de la pelea, cuando ya te habías ido, de mí no quedaba nada. Asistí a mi trabajo tratando de disimular mi caída. No me pude concentrar. Llegué con la mirada nublada, y mi respiración se agitaba por intervalos. De hecho, interrumpí un suceso comiquísimo con mi agobio. Lozano había hecho el reto de ver cuántos ositos de gomita le cabían en la boca. Fue tanta su persistencia, que terminó vomitando colores en el bote de basura de la oficina. Debiste verlo —rio—, fue muy gracioso verlo casi ahogarse y escupir todo.

»Por desgracia, la atención no se prestó a él. Grité, y todos voltearon hacia mí. Fue repentino, no pensé en hacerlo, sólo salió de mí el dolor.

»Dicen haberme visto teniendo una especie de ataque, en verdad que eso yo no lo recuerdo. Sé bien que el día en el trabajo ocurrió así: Lozano envuelto en vómito, y yo, berreando en el suelo. Ambos en medio de la oficina. ¡Vaya lugar en dónde se nos ocurrió montar un espectáculo! Fue, en definitiva, algo bastante extraño para todos nuestros compañeros.

»Diciendo esto, quiero que sepas lo desdichado que fui esas horas que pasé ante tu ausencia. Me sentía peor de lo que estoy ahora, por lo que agradezco, con plenitud, tu regreso.

»Ese día, al llegar a casa, tú estabas ahí. En realidad, no te esperaba devuelta. Creí haberte perdido, creí que me odiabas, pero no, estabas ahí; sentada en la sala como si nada hubiera pasado. Me alegré demasiado al ver que todo volvía a ser como antes. ¡Tanta fue mi alegría, que enseguida corrí a abrazarte! Te quitaste de inmediato. Desde entonces me has estado evitando —Mariano intentó tomar las manos de Elena, ella las movió, rosando con aversión sus palmas. Al ver esa reacción, él, sin pensarlo, botó las cosas que estaban en la mesa—. ¡No he hecho más que amarte, Elena! —gritó—. ¡¿Por qué me estás haciendo esto si sabes cuánto es lo que te amo?! —no tardó para romper en llanto.

Era verdad el que Mariano no recordaba bien los últimos días, es por eso por lo que no distinguió que aquella última frase, ya se la había dicho a Elena, justo, antes de que ella decidiera marcharse.

En la mesa, aún seguía sin surgir contestación. Sólo el llanto entre las palabras de Mariano.

—Siempre cuidaré de ti, ¿lo sabes? —su tono era de benevolencia, ya que quería engañar a Elena—. No pienso lastimarte, no pienso prohibirte nada. Lo único que quiero es que te conserves a mi lado. Te lo suplico, mi amada, mantén mi cordura y háblame de una vez por todas.

La habitación volvió a estar en silencio. La comida se había estropeado. Mariano perdió el apetito, y se retiró de la mesa. No sabía bien a dónde ir, se posó en la puerta principal, sentándose en el suelo. Tomó la mochila de Elena, estaba en el suelo. Contenía lo que ella planeaba llevarse. No era mucho, sólo su celular, algunas credenciales y dinero. Mariano recordó que había algo más que eso. Buscó a sus alrededores, era un álbum de fotos. Él lo abrió. Ver que Elena planeaba llevarse eso consigo, le hizo reconsiderar la idea de que aún lo amaba, ¿pero por qué las cosas se mantenían en el suelo, justo en el mismo lugar en dónde habían caído el día de la pelea?

Mariano, aún sentado en el piso, trató de recordar.

No supo cómo sentirse.

«Soy un completo idiota», repetía al observar las fotos.

Se culpaba con rencor sobre la huida de Elena, ¿y cómo no hacerlo? Si ella misma le había dicho serlo.

En la tarde, previo al suceso, ambos se hallaban en una reunión con amigos. Más amigos de Elena que de Mariano, esto, claro provocaba cierto descontento. Elena se encontraba envuelta en emoción por la idea de volver a verlos, por otro lado, Mariano no quería asistir, ya que eso implicaba el ver a Elena compartiendo su atención con sus amigos.

—No iremos —le dijo justo cuando ella se colocaba el maquillaje.

—¿Me negarás el gusto de volverlos a ver? —respondió la chica, con un leve tono de aflicción.

—Te hablarán, Elena, no quiero que ellos te hablen. No quisiera incluso que se te acercaran. ¡Me dejarás solo! ¡Por supuesto que no iremos!

Mariano siempre se sentía mal con la ausencia presencial de Elena. No le gustaba sentirse alejado de ella, ni tampoco que otras personas captaran su atención.

—No lo haré —dijo, acercándose a Mariano, le tomo de la cara y le dio un pequeño beso en la nariz—, nunca te dejaría solo, estoy aquí, y aquí siempre estaré.

Esas palabras fueron, lo suficientemente convincentes, para que Mariano se dignara a acceder.

En la fiesta, los amigos de Elena corrieron hacia ella para abrazarla, por otro lado, a Mariano sólo lo apartaron. A nadie de ahí le caía bien. Ninguno soportaba ver a su amiga decaer por los comentarios hirientes de su amado.

Ella lo aguantaba siempre, pese a su hostilidad, y, cuando le hacían mención al respecto, Elena trataba de encubrirlo: «Es mi culpa, debería estar más con él» «Sólo está molesto, no lo dice de verdad» «Necesita de mí, no puedo sólo dejarlo y ya»

Pero, en realidad, no muy en el fondo, ya se estaba cansando de dar excusas.

Mariano esperó sereno a que soltaran a su novia para empezar a acapararla. En eso, escuchó a dos sujetos mencionar su nombre.

—Debería dejar a Mariano, es un completo inútil.

—No lo entiende, nosotros somos los que debemos hacerla entrar en razón.

En automático, al oír eso, su furia salió. Se acercó a donde ella estaba con sus amigos, la agarró del brazo y la jaló.

—¿Qué estás haciendo? Deberías estar conmigo —dijo.

—Lo estoy —antes de que Elena pudiera decir algo más, fue interrumpida.

—¡No lo estás! —gritó Mariano.

Elena no podía comprender lo que le había hecho enojar ahora.

—No deberías dejar que estos imbéciles se te acerquen demasiado, no tienen el derecho, ¿o qué? ¿Ahora son ellos a quien amas? ¿Correrás a los brazos de cualquiera?

No era la primera vez que Mariano hacía una escena de este tipo, lo diferente de este caso, fue el que su enojó no era, con exactitud, contra Elena.

—¿Qué tanto estás diciendo? Sólo me han abrazado —comentó desconcertada.

—No sabes bien lo que quieren, estos idiotas planean separarte de mí, me detestan, ¡no dejes que lo hagan!

La idea del abandono le era insoportable, y, el considerar que eso podría pasarle con su amada, le fue alarmante.

—Eso no es verdad, no te detestan.

—¡Claro que lo hacen! ¿Cómo es que no lo ves? Me apartan, no me soportan, deberíamos dejar de venir.

El llanto de Mariano surgió, pero esta vez, Elena no quería consolarlo.

Tampoco quería que se armara una escena.

—Bien, nos iremos —casi al instante, la expresión de Mariano cambió.

Todo el espectáculo que montó no fue más que un berrinche, el cual, por ese momento se le cumplió.

Elena llegó a su límite. Tomó la firme decisión de irse de la vida de Mariano, pero, por las condiciones, no podía hacerle frente con el tema. En la noche, sin previo aviso, agarró una pequeña mochila, y metió algunas cosas importantes para ella. Tenía planeado ir a la casa de sus padres, llevarse ropa no le era de suma importancia. Con cautela, llegó hasta la puerta, dándose cuenta de que había olvidado algo; un álbum de fotos de ellos dos. Claro, no lo iba a dejar. El irse lo hacía por el bien de ambos, y eso no desechaba el amor que le tenía. Al regresar y tomarlo, la situación parecía seguir bajo control. No se había percatado de que Mariano ya no se encontraba en la cama durmiendo. Él se levantó instantes anteriores para ir al baño, una desdicha el coincidir así esa noche. Cuando Elena logró llegar de nuevo a la puerta, Mariano ya se hallaba ahí.

—¿A dónde piensas ir?

—Recordé que olvidé mi cargador en la mochila, bajé por él.

—¡No mientas! ¿A dónde piensas ir? —se fue acercando, con lentitud, a ella. Llevaba una gran seriedad—. ¿Piensas dejarme? ¿Vas a abandonarme?

—Mariano, no estás bien, te has vuelto alguien dependiente, eso no es bueno para ti, no es bueno para mí. Debo irme, tal vez sólo sea algo temporal.

—¿No es bueno para ti? Debí imaginarlo, tus amigos llenaron tu cabeza de ideas ¡Te hicieron creer que yo soy malo!

—No se trata de ellos, es sobre nosotros. Ya no te puedo cuidar, por favor déjame pasar.

—Por nosotros es que debes quedarte. ¿No piensas en lo pésimo que me la pasaré sin ti? Te necesito, necesito de ti, no te puedes ir, no me puedes dejar.

—No me necesitas, sólo me quieres aquí porque no sabes lidiar contigo mismo.

—Sí sé hacerlo.

—¡No! ¡No sabes! ¿Qué acaso en la fiesta no enloqueciste? Hiciste una de tus escenas, ¡trataste de infravalorarme como siempre lo haces cuando no consigues la excesiva atención que me exiges! ¿Tan difícil es para ti el controlarte? No te soporto ya, necesito de tu parte el amor que yo te otorgo, pero lo único que recibo son exigencias por no darte lo suficiente. He llegado a este punto ¡Te odio! Odio tu comportamiento, odio tu aislamiento, odio todas tus restricciones. Odio el maldito día en el que te hice esa promesa, porque no la voy a poder cumplir. Si te dejo, quiero que sepas que la responsabilidad fue sólo tuya. Eres tú quien me ha apartado, tú y nadie más que tú, me ha corrido de tal manera de tu vida.

Elena había explotado en ira. Sin importarle ya nada, caminó hacia la puerta, quitando del camino a Mariano. No le tenía miedo. Sólo pensaba en marcharse, en por fin descansar. Iba a tomar su mochila del suelo, él lo impidió sujetándola del brazo.

—¿Por qué me estás haciendo esto si sabes cuánto es lo que te amo? No te alejes así de mí, demuestra que también me amas.

Elena no respondió ante eso, le hubiera sido más difícil la partida. Miró la perilla por unos segundos, y después la tomó, justo cuando por fin abriría la puerta, Mariano la soltó, y, con semejante brusquedad, la azotó de la cara contra esta.

—¡Tú no me vas a dejar! ¡No tú! —la mirada de Elena se llenó de miedo al instante.

Parecía haber sido poseído, tenía los ojos enrojecidos, y no parpadeaba. Su cabeza temblaba, la respiración se le agitaba. Trató de tomarla del cuello, ella se defendió, le metió una patada en la entrepierna, haciendo que se tirara al suelo y la soltara. Elena abrió con rapidez la puerta, trató de correr después de eso. Mariano intervino en su escape, agarrándola del tobillo. Con la caída que tuvo Elena, su cabeza impactó contra el suelo. Él le tomó la menor importancia, y la regresó a casa arrastras.

—Dijiste que no me dejarías —Mariano la tomó de los hombros y la sacudió por no oír respuesta.

Elena estaba casi desvanecida, consecuencia del golpe. No fluían palabras de ella.

—Lo dijiste… tú me lo dijiste, no me dejarías ¡No lo harías! ¡No lo harías! ¡No lo harías! ¡No lo harías! ¡No me dejarías! —repetía desconsolado mientras que estrellaba múltiples veces el cuerpo de Elena contra el suelo. Ella… no pudo sobrevivir. Al darse cuenta, se quedó perplejo frente al cuerpo de quien era la chica que amaba.

La tomó en brazos, no lo podía creer. No, más bien, no lo quiso creer.

En ese instante, Mariano olvidó por completo todo lo que acababa de suceder. Se levantó

un tanto perdido, direccionando sus pasos hacia al baño. Limpió sus manos, tenían la sangre de Elena. Seguido, fue a su cuarto creyendo que ella se había ido de la casa, pues su imagen abriendo la perilla, era lo único que aún se conservaba.

*

Mariano era incapaz de recordar lo que había acontecido.

Le gritó a Elena, la podía ver sentada en el sofá, ignorándole.

—¡Logro verte! Ya no me ignores y hábleme como antes, te necesito.

Como fue de esperar, nadie le contestó.

La puerta principal fue tocada por alguien, cuyos golpes, fueron efectuaron con firmeza. Las quejas de los vecinos llegaron directo a la policía municipal. Resultó, que un putrefacto olor no paró de desprenderse de cierta casa durante varios días. Hoy, el olor se había potenciado lo suficiente, para que las llamadas de reclamos se multiplicaran.

—¿Quién es?

—Soy de la policía; oficial Álvaro. Tal parece que hay quejas de los vecinos sobre este lugar, algo sobre un olor desagradable. ¿Me permitiría pasar para ver qué es lo que lo ocasiona?

Mariano, sin problema alguno, abrió la puerta. No tenía idea de cuál era la fuente de la putrefacción, ni siquiera teniéndola enfrente.

Con obviedad, el oficial notó el cuerpo. Estaba detrás de Mariano.

—¿Quién es ella? —preguntó, se preparaba para arrestarle.

—¿Quién?

—La señorita que tiene usted, ahí en el suelo.

Mariano volteó extrañado, quedando, por completo, perplejo ante la situación.

—¡Pero si Elena está en la sala! Allí… sentada —dijo, señalando hacia donde la veía apenas hace unos instantes.

—Lamento informarle que ahí no hay nadie, señor —la imagen de Elena fue desvaneciéndose al tiempo que Mariano, con dificultad, recordaba.

—Ella nunca regresó, de verdad decidió irse —apoyó sus rodillas en el suelo justo al lado de Elena—. La proyección que, mi mente creó, no me permitía soltarla, era eso, no me ignoraba, ¡es sólo que ella ya no estaba! Pero… si Elena me ha dejado, ¿por qué la veo aquí? ¿Por qué se encuentra en el suelo, oficial? ¿Qué le pasó a mi amada?

Elliot Kendryek

TODO VA A ESTAR BIEN

Desde el peligro andante de su persona, con llama de odio en corazón desorbitado, cuerpos, de gente victimizada, yacían alrededor. Un arma, que en mano poseía, seguía ordenes cegadas que por ira estableció, y, antes de cometer lo último en mente, él, comenzó a narrar su historia.

Había llegado a ese severo punto, la soledad lo era todo para mí. Al encontrarme con no más que mis penas, pude, por bastante tiempo, soportar la crueldad de mi especie.

Eso, fue mi gran, y amado resguardo.

Desde muy pequeño aprendí, la manera en la que esto funcionaba. Lo dividí en dos secciones: los problemáticos; aquellas personas que poseen la arrogancia como fluido en su cuerpo. Y las victimas; temerosas criaturas ahogadas en la mucosa, y pesada, sensación del desprecio obtenido, por, quienes son el problema. Claro, existían ciertas variables, pero lo principal era así.

En lo personal, nunca quise llegar a ser parte del problema. ¿Por qué serlo? Si en nada, esto, me beneficiaba.

Para estar más familiarizados, recordemos la primaria. Fue una época, mmm, tendré que decir, un tanto desagradable al principio. Mi falta de habilidad, para comunicarme con otros, me delataba; resaltó entre todo. Los demás niños se burlaban de ello, algo normal para esa edad, supongo, pero, había alguien, un niño en particular al que le irritaba, con odio, mi presencia.

Ya has de haber adivinado de quién ha de tratarse, ¿no?

Bien, ese niño, lo que hacía, era criticar cada aspecto de mi persona, no le importaba si al hacerlo dejaba un daño impregnado, mucho menos, le interesaba saber si lo que estaba haciendo estaba bien, o mal. A esa edad, yo no sabía lo que tanto enojo te provocaba… ¿era mi aspecto? ¿Era que no te hacía frente? Me veías débil, ¡inútil! ¡Pequeño! O, quizás, ¿hubo ahí algo más? De cualquier forma, siempre fuiste así. No más que una, irritante, piedra en el zapato. No se podía hacerte frente, ¡te admiraban! ¡Te respetaban! Te… temían.

Lo mejor de todo eso, es, que, si a alguien se le ocurría doblegarse ante ti, te dedicabas a ridiculizarlo:

«¿Quién carajos te crees?» «¿Te hizo sentir mal? Qué pena, ¿por qué crees que me importa?» «No eres nadie como para siquiera hablarme» «¿Dijiste algo? Espera, es que no te entiendo, hablas como idiota» «¿Me hablabas? Ay, perdón» «No te creas tan importante».

Entre otras frases que no logro recordar bien.

¡Son unos completos ególatras lo humanos que, aun teniendo el descaro de colocarse a la defensiva, envuelven a este mundo! El odio renegado que poseo surgió a base de esas personas con el pasar de los años.

Sé bien que, en muchos casos, esos comportamientos vienen del completo disfrute, y, pese a esto, también sé que algunos otros lo hacen por tener un dolor, uno muy insoportable, en su interior, en donde la única cura notable para ellos es tal desahogo. Estas últimas personas, tal vez no llegan a realizar acciones tan decadentes adrede, tal vez, sólo es la manera que han conseguido para desquitarse de la vida que les ha tocado, y bueno, al no querer estar conscientes dentro su vil realidad, lo que deciden es unirse a la crueldad; ser partícipe de lo que, por obviedad, evitan para ellos.

De todas formas, aunque existan personas que se la hayan pasado fatal, no se justifica el camino que, con error, decidieron tomar hacia la repugnancia.

Yo, soy de la idea de que por más mal que la estés pasando, no hay por qué rebajar a los otros. No existe necesidad alguna para desquitarse con quienes no han obtenido culpa. Pues eso, lo único que provocará, será el clavarte, con intensidad, a tu malestar.

Nunca te culpé, no lo hice, no te tomaba la suficiente relevancia. Cuando intentaste, por múltiples ocasiones, convertirme en una víctima, no me importó, puesto a que tampoco llegué a considerarme como una. No soy alguien que pueda meterse en ese papel. Por ese motivo, creé otra categoría sólo para mí. Como era quien evitaba aprietos, y a todos en general, me hacía llamar como un honorable desertor; la presa fácil, que, sin protesta, huía cada que algo podría volverse conflictivo.

Llevé esos roles inventados por mí, a la normalidad. A mi perspectiva, eso era lo único que existía, fue por eso por lo que fue demasiado extraño conocerlo.

Mi fantasía al aislamiento fue, por completo, destruida ante su existencia. Alguien nuevo había llegado a la escuela, en específico, a nuestro salón. Cuando la profe lo presentó, yo no la estaba escuchando bien. Al notar la situación, elevé la mirada, e hice contacto visual con el chico nuevo. Me apené tanto que, al instante, me enfoqué en pensar en otra cosa. El haber hecho esa interacción con él, haría que me tomara como alguien con quién podría hablar, y, obviamente, yo no quería saber de él. Estaba presente la posibilidad de que, ese niño, fuera no más que parte de los problemáticos, y mientras menos me involucrara con ellos, yo estaría fantástico.

Por desgracia, y como fue supuesto, fui el primero a quien ese chico se le acercó. Lo ignoré, igual se presentó:

«Me llamo Ricardo.»

Quería mi soledad, mas no me atrevía a pedírselo, lucía amable, pero en el fondo, yo no paraba de pensar en que, por favor, se alejara.

Él acabó en el asiento vacío que tenía junto a mí.

Para mi apresurado criterio, ese niño era un completo odioso. Pero aún no quería ser grosero. Era alguien que no mostraba indicios de tener malas intenciones, pude haberme sentido fatal si seguía actuando de una manera hostil con él.

«Yo soy Samuel», le respondí sin siquiera mirarle.

Para no continuar con charla alguna, simulé estar ocupado escribiendo en mi libreta. Sólo estaba haciendo garabatos en realidad.

Richi insistía demasiado en tratar conmigo, aunque yo no quisiera. Por lo poco que le llegué a contestar, él se limitó a observarme, curioso, recostando su cabeza sobre la mesa. No me incomodó, era extraño.

En la hora del almuerzo, tú, y tus amigos, unas victimas disfrazadas de problemáticos, se le acercaron a Richi. Al verlos, lo que pensé fue:

«Grandioso, ahora habrá uno más.»

Los seguí observando, con sutileza, claro. Si él estaba con

ustedes, se convertiría en alguien que, en definitiva, también habría que evitar. Para mi sorpresa, después de un breve rato, aquel niño los dejó hablando solos, y se retiró de ahí muy molesto. Cuando regresamos al salón, él no me quiso hablar. Se le notaba un poco triste, pero no sabía la razón. Fue un cambio drástico para alguien que notaba entusiasmo hace unos minutos. No tenía planeado preguntarle qué era lo que tenía. Eso sería entrometerme de más. Al finalizar el día, cuando guardaba mis cosas, lo vi con detenimiento. No podía quedarme con la duda. De verdad, que su espíritu parecía atenuarse.

«¿Estás bien?», le pregunté.

La expresión que tenía cambió después de eso.

«Claro, no es nada», dijo apresurado.

Seguido de eso, también me hizo una pregunta.

«¿Por qué todos dicen que eres raro?».

No llevaba ni un día en mi salón, y ya sabía, en concreto, lo que los demás creían de mí. Iba a enojarme, pero él continuó.

«Te ves como una buena persona, no creo que seas raro. Me agradas… es más. ¡Yo quiero ser tu amigo!».

¡Alguien quería ser mi amigo! ¿Te imaginas lo sorprendente que eso fue para mí? No supe qué contestarle más que:

«No sé lo que es tener uno»

A Ricardo no le importó.

«Pues ahora tienes uno, y los amigos se cuidan, recuérdalo. Yo cuidaré de ti, Samuel».

Me fui inquieto a casa, pensando, cuestionándome después de eso.

«¿Por qué alguien cuidaría de otra persona, en especial de mí?» «¿Por qué querría ser mi amigo? Si yo no tenía nada de especial».

Aquel chico resultó ser alguien muy dulce. Un completo fallo para la actitud humana a la que me había acostumbrado a padecer. Ricardo no entraba en ninguna de las categorías que yo creé. No era una víctima, no era un problemático, y, mucho menos, era un desertor. Él, más bien, era alguien extraño.

El día siguiente, me encontraba con un gran contento. Relucía una sonrisa coexistiendo en mi rostro. Era, como si el tener a alguien a mi lado, apartándome de la soledad, hiciera una gran diferencia.

Al parecer, eso te molestó.

«¿Por qué sonríes tanto?».

Fueron las palabras que me dirigiste entonces, con un tono irritante. Yo te ignoré, yendo rápido hacia el salón, y sentándome junto a Richi. Ya se hallaba ahí. Le gustaba mucho ser puntual. No mentiré, me puse bastante nervioso al verlo.

«Ey, ¡tienes un amigo! Cálmate un poco», trataba de mentalizarme.

Aun así, no me atreví a hablarle, sentí que, al comenzar a conocerme, él se alejaría como el resto.

Siempre he sido alguien muy distraído, y Ricardo lo notó rápido. En clases, comenzó a preguntarme si me faltaba algo, o si necesitaba ayuda con los trabajos. Era un poco inquietante, ya que no me eran comunes esas actitudes. Entre toda esa mezcla de emociones que él me ocasionaba, el tiempo pasó con velocidad, y el receso dio inicio. Salí a comprar mi desayuno, dejando a Richi atrás. Me atosigaba un poco pasar tanto tiempo a su lado. Él lo comprendió, y se quedó esperando en el salón.

Aprovechaste esa oportunidad, me seguiste con tus amigos, y gritaste:

«Ahora veo por qué el nuevo no quiso estar con nosotros, es que no mames, cómo no vimos que se parece a ti, es igual de collón».

Ciertamente, no me interesaba si se disponían a hacerme algo, pero a ti, sí que te importaba, ya que ese era tu propósito del día. En ese entonces, no supe bien el por qué el tener a Ricardo de mi lado te enojaba tanto, igual lo pasé por alto. Cuando me acorralaste, pude aprender algo de esas tenues palabras de desprecio. Fue sencillo. Al estar en el suelo, sin ánimos de levantarme, y adolorido por tus golpes, pude escucharte con claridad:

«Nunca lograrás ser como nosotros» «No eres capaz, por más que lo quieras intentar».

Algo en mí, irradió ante eso.

«Tiene razón», pensé. «Yo no podría ser como ellos».

Mis ojos lagrimearon, dejando salir otra sonrisa como la que tenía esa mañana. Eso te enojó más. Lo que hice al notarlo fue cerrar mis ojos. Recibiría, con orgullo, el golpe que me tendrías que dar por tus impulsos, sólo, para corroborar el que no pertenecía a ustedes.

Para mi sorpresa, no sentí el golpe. Abrí los ojos. Fue Ricardo quien había recibido el impacto. Quedé atónito, y ni tiempo de pensar me dio, pues Richi tomó de mi mano, y me hizo correr.

«Te dije que te voy a proteger», mencionó.

Nos encaminamos directo a la dirección de la escuela, levantamos un reporte: la acusación de que ustedes me habían agredido. Eso funcionó, recibiste un castigo, pero sólo fue así ya que Ricardo es el hijo del director general de nuestra escuela. Si no fuera el caso, lo habrían ignorado como siempre se había hecho.

Fueron tres gloriosos días en los que no me los tope, y, lo mejor, fue que, al regreso de su suspensión, ya no volvieron a tratarme ¡Los habían cambiado de salón! Para ustedes, yo sólo sería alguien más de relleno en este mundo, cuya existencia, en completo llegaría a ser insignificante. Así debía ser, debía de ser así siempre. Pero tu rencor continuó.

Pasé los mejores momentos de mi vida, siempre, al lado de Ricardo, me gustaba estarlo. No costó el darme cuenta de la persona que era; no sólo la apariencia tranquila y dulce lo representaba, sino que, en todo aspecto, para mí, era un ser por completo pulcro. Él salvaba la despreciable imagen que le di al ser humano.

Crecimos juntos, y, no supe el momento, en el que empecé a sentir algo distinto a aprecio.

Su encanto me provocaba, y mis sensaciones palpitaban con desenfreno al estar a su lado. Era meramente feliz. Mi mente se serenaba, ruborizaba. Su mirada penetraba hasta mis más íntimos anhelos hacia él.

No tenía duda, yo, me había estado enamorando con una gran profundidad, y exquisitez, de Richi.

Ya estábamos un poco grandes. No éramos más un par de niños de primaria con una suave amistad. Otra cosa surgía de ahí. Por mi parte, podía decirlo con seguridad. Me decidí rápido por decirlo lo que, en mí, provocaba. Fue simple, no podía ocultarlo. Aun así, me asustaba lo que pensaría Ricardo al respecto.

«¿Qué tal si me rechaza?» «¿Le dará repulsión mi enamoramiento?» «¿Y si después de esto me deja solo?».

Todas esas ideas vagaron por mi mente, pero, de cualquier manera, con la negativa posibilidad frente a mí, yo quería decírselo.

Era inicios de tercer año de secundaria, seguíamos estudiando en el mismo salón. No preparé mis palabras, sólo la intensión estaba ahí, firme. Fuimos a su casa después de las clases, como amigos cercanos, era habitual pasar el rato allí. Todo fluyó normal. Llegamos, dejamos las cosas en el suelo, cerca de la entrada. Bromeábamos acerca de las clases de inglés, ya que ninguno le entendía, y pronunciábamos mal las palabras adrede porque nos parecía de lo más gracioso. Nos encontrábamos en la sala. Ricardo se sentó en el brazo del sofá, nosotros reíamos. Yo estaba nervioso, igual al primer día que hablé con él; no sabía qué hacer, cómo soltar las palabras. Empecé a jugar con mis manos para distraerme. Con eso, pudo notar el que yo no estaba como en cualquier otro día. Me paré junto suyo, riendo apenado. Cuando le vi el rostro, hice contacto con sus labios, notando lo rojizo de ellos. No aguantaba más, me le fui acercando poco a poco, serio, al tiempo que temblaba. Coloqué mi mano sobre su mejilla, mirándolo, con fijes, a sus ojos, él miraba a los míos. Se veía claro el que no entendía bien la situación. Tardé un momento, así, apreciando cada facción deleitante de su cara; encantadora nariz pequeña de punta redonda, rodeada de lunares, muchos lunares en los pómulos que no había notado que tenía, otros cerca de la boca, y más en el cuello; sus cejas un tanto pobladas, profundizaban su mirada; y esos preciosos caireles oscuros cayendo por su blando rostro. Sostuvo mi mano sobre su mejilla. Rio al verme así. Me puse aún más nervioso con eso y me aparté, pero al recordar lo que tenía para decir, volví tan precipitado hacia él, y lo abracé. Ricardo se había levantado anterior a eso, por lo que, con mi movimiento, ambos caímos sobre el sofá, yo por encima de él. Su cautivador, y emanante aroma me impregnaba; un placentero escalofrío pasó por mi cuerpo. Podía sentir el corazón de ambos agitarse. Pegué mi cachete al suyo, sin pensarlo mucho, y, con suma energía, como si fuera un gato, me restregué en él. La tersa piel de su rostro erizaba a la mía. Él también me abrazó, sosteniendo sus brazos alrededor mío, y rio tan tenue.

«¿Qué estás haciendo?», me preguntó.

«Te amo», suspiré junto a su oído. «Eres la única persona que necesito conmigo».

Ricardo sonrió de diente a diente, simultaneo a acariciarme el cabello.

«Yo siempre te he amado», me respondió.

Mi sorpresa fue bastante ante eso, yo, en verdad irradiab…

—¿Por qué nos cuentas todo esto? —interrumpiste—. Ricardo lo vivió, y a mí no me interesa, Samuel. ¡Ya déjanos tranquilos! Estás como maniaco, y buscas venganza, lo sé, pero ¡ya! Deja todo hasta aquí. Para de hacer tanto desmadre y déjanos ir. No queda nadie más, perdóname, perdona a Ricardo que él no te hizo nada malo.

—¡Tú no sabes nada! ¿Crees que con un simple «perdón» todo estará bien? Hiciste mucho daño, me hiciste mucho daño. ¡Así que sólo cállate! —el enojo en Samuel era, en suma, potente, no iba a detenerse. Pensaba en no dejar todo pasar de nuevo, mientras que, a su alrededor, se disfrutaba de la decadencia.

Bueno, continúo. Ambos en el sofá, con las hormonas al límite, lo que rondaba por mi mente era el poder besarlo. Se reflejaban demasiado mis íntimos deseos al estar en esa postura. Intenté acercármele lo suficiente, pero, en ese instante, oímos unos pasos: eran de su padre. De inmediato nos tiramos al suelo. No queríamos vernos de una forma comprometedora, así que fingimos estar luchando a manera de juego. Con las ideas conservadoras de su padre, no nos podíamos exponer, era peligroso para Richi, y, temíamos a lo que ese hombre fuera capaz de hacerle. Por eso tomamos la decisión de ocultar lo nuestro, y así, ante los ojos de los demás, ser simples amigos.

Todo surgía de maravilla, durante dos años disfrutamos, con plenitud, de nuestra compañía dentro de una relación. Fue algo bastante grato, pero alguien se tuvo que entrometer. Después del largo tiempo ausente, fuiste tú, quien volvió para destrozar. ¿Así quieres que te perdone? ¿Aun sabiendo todo lo inmoral que has cometido? ¿Aun siendo el único responsable de que todos estemos en esta posición ahora? De verdad que tú no tienes madre.

Al vernos pasar demasiado tiempo juntos, sospechaste de nosotros, pero, he aquí mi pregunta para ti: ¿cómo por qué gastabas tanto, y tanto de tu tiempo observándonos?

Lo que creía en ese entonces fue el que sólo querías joder. Molestarnos por no ser partidarios voluntarios para victimizarnos ante ti. Conforme fue pasando el tiempo, pude llegar a una firme conclusión, alejada a lo que creía en un principio.

¡Vaya rencor el que acumulaste! Y ahora mírate, implorando por tu bienestar. No me vengas a chingar la madre.

El rumor fue esparcido: una pareja, no decía nombres, de dos vatos, coexistía con el resto en nuestra escuela.

¿Aquí? ¿En una escuela precisamente cristiana? ¡Vaya falta de respeto para nuestro señor!

La gente enloqueció.

«¿Cómo es que puede existir algo así?» «No es normal» «Que asco» «Deberían de expulsar a los jotos» «Están manchando la imagen de la escuela» «Nos están faltando al respeto» «Se van a redimir, así jamás entrarán al paraíso».

Se repetía por los pasillos, todos los días. Y no te bastó. Pudiste ver, con claridad, el que eso no nos llegaba a afectar por completo, por lo que recurriste a otros niveles.

Ahora, nuestro nombre encabezaba ese título. Todos se alejaban de nuestros alrededores. Caminábamos, y cualquier persona se sentía con el derecho de empujarnos, de agredirnos, de tirarnos al suelo. Ni qué decir de tratar de comer tranquilos fuera del salón; no se podía. Era un reto para todos el ver que podían lanzarles a los jotos.

¿Tú crees que eso es agradable? El ver a la persona que amas ser agredida, y, aun así, mostrar una sonrisa para lucir fuerte ante ti.

Me desagradaba el hecho de que yo no lo podía cuidar. No podía evitar que le pasaran cosas hirientes por meterse conmigo. Dolía, dolía muchísimo. Una criatura tan adorable como lo es Richi no merecía trato infame por parte de nadie. Por si fuera poco, el rumor llegó a oídos de su padre.

¿Tienes idea del temor que empapó a sus huesos cuando le dijeron que su padre desbordaba ira por él? ¡No! ¡No sabes lo que fue para Ricardo! No pensaste en lo que le podía pasar, sólo pensaste en ti, en divertirte, en separarnos y ya.

Lo vuelvo a decir, tú nunca merecerás el perdón.

Después de que su padre se enterara, surgió su partida. Se lo había llevado lejos, sin discutir al respecto. No le dio opciones, lo alejó por casi un año.

Nadie supe sobre su paradero, y yo, ni siquiera pude despedirme. La comunicación murió. La incertidumbre de su bienestar estaba presente a todas horas. ¿Qué podía hacer yo?

Nada en verdad, sólo esperar a que por cualquier motivo regresara.

Todo ese año ha sido un entero desperdicio de mi tiempo. Volví a la soledad que me planteé de niño, y, sin arrepentimientos, me aislé. Era la mejor decisión para mí. Claro, no faltó oportunidad de arrebato a mi soledad, pero no quise tomarla.

Con las otras personas era diferente la diversión a la que me había acostumbrado con Richi; me era casi imposible sonreír ante las bromas. Los comportamientos que adoptaban me irritaban, y con ellos, yo no hallaba forma de quitarme el aburrimiento.

Un día, te acercaste a mí, rodeado de tus amigos. Parecías buen chico. Decías arrepentirte de todo el mal que llegaste a ocasionar en otros. Estando ahí, frente mío, con el rostro de lo más benevolente, solicitaste mis disculpas. Acto muy irreal, me parecía: ¿Por qué este sujeto, de pronto, ha de dejar a un lado todos sus pecados, solapándose en un arrepentimiento que, a la lejanía, se notaba falso?

Tal vez, aquel era un gran pensamiento lleno de rencor por mi parte, pero, de igual forma, no hubiese sido fiel a mis ideales el confiar en ti.

Decidí perdonarte en ese momento, rechazando la oportunidad que me ofrecías para alejarme de mi genuinidad.

Ricardo volvió en tercero de preparatoria, no lo esperaba,

sinceramente. Ya no asistía a mi salón, aunque se reincorporara a estudiar de nuevo en nuestra escuela. Hubo rumores sobre su regreso, mas no quería creerlos, por lo que lo vi en el cuarto día.

Fui al baño durante el descanso, tranquilo, sumergido en la adversidad de mi mente. Un melodioso sonido me resultó familiar. Se trataba de una risa un tanto peculiar. Subí la mirada, y ahí estaba, parado justo frente mío. ¡La belleza que emanaba el hombre de mi vida volvía a manifestarse ante mis ojos! Se estaba riendo, contigo. Estaban divirtiéndose ustedes dos ¡Qué situación tan infame!

«¿Por qué se ríe con él?» «¿El estar lejos había hecho que olvidara la situación en la que nos metió?».

En cualquier caso, el enojo no fue el suficiente para derrumbar mi emoción.

Corrí ensimismado hacia sus brazos gritando su nombre. Él volteó. Sus pupilas destellaron cuando dirigió su mirada hacia mí. No pude evitar lagrimear como lo estoy haciendo ahora mismo. Es inimaginable lo reconfortante que fue para mí, el poder sentir el palpitar de Richi al abrazarlo después de todo un año sin comunicarme con él. Duró poco esa sensación. Me tomó de los hombros, alejándome así de él. Su expresión cambió de manera drástica. Se le veía decaído, dejó escapar una, muy corta, sonrisa con eso. Me preocupé, obviamente. No sabía cómo interpretar la situación. Ricardo tomó de mi brazo con poca rudeza, y, con velocidad, nos llevó a un lugar alejado de los demás. Me explicó que no podían vernos a los dos juntos dentro de la institución. Su padre lo había amenazado. Yo era una pésima influencia para él, y tú, al parecer te posicionabas en el muchacho ejemplar que quería ante su percepción, por lo que ahora, con quien debía juntarse era contigo. Sin importar cómo fueras, o el tanto repudio que le dabas, debía pasar el tiempo a tu lado para no ser condenado por su padre una vez más.

Ricardo te aguantó por ese tiempo sin que lo supieras, ten eso en mente, no estaba contigo por gusto, ¡nunca te soportó!

Al hablar, llegamos a un acuerdo: regresarían las cosas a cómo antes, ocultándonos del resto, pero, esta vez, ni como amigos nos podían ver.

Pasaron los días, y yo, me tenía que apartar de Ricardo cuando nos encontrábamos en la escuela, o con bastantes personas. Era difícil. Él deslumbraba siempre, y, yo no podía demostrarle lo que eso en mí provocaba. Aunque después de clases todo era recompensado.

Pensándolo bien, creo no fue tan difícil de hacer al inicio. Lo que sí importunó, fue el regreso de tus comentarios repugnantes saliendo a flote de nuevo. Volviste a insultarme cada que topabas mi existencia a tu cercanía. Notaste que ya no había alguien que me pudiera defender, que entonces, ese alguien estaría de tu lado, y no te equivocaste del todo con eso. En aquella etapa, en lugar de ignorarlos por la paz, estaba obligado, por lo recurrente que era, a soportar la hostilidad de tus acompañantes. Inclusive incitaste a Richi para ser cortante, descortés, y grosero conmigo, y no se podía negar ya que, si intentaba defenderme, irías con su padre, como el petulante, boca aguada que eres.

Lo habría aguantado de ti, lo habría aguantado de los idiotas que hacías llamar tus amigos, ¿pero de Richi? Así yo me sentía acabado. No podía sólo estar con él, a escondidas, y tener que soportar los malos tratos, humillaciones, e insultos degradantes como lo son el llamarme *«Joto» «Nenita» «Estorbo»,* siendo pronunciados por la misma boca que decía amarme cuando nadie estaba presente, seguido de oír, sus disculpas en suplica sobre cómo me había tratado.

Mi paciencia llegó al límite cuando tu descaro sobrepasó, por completo, a mi integridad. Eso por lo que todos a los que nombrabas «amigos» están aquí, muertos, a la espera de que tu alma perezca ante ellos.

Yo no quise llegar tan lejos, no. Yo no planeaba que algo así sucediera. Lo que yo hubiese hecho sería esperar, tan sólo un poco más, a que el curso acabara, para así poderme ir con Richi a cualquier otro lugar, a estudiar la universidad, lejos de todos ustedes. Pero, así como caíste tan bajo, me limité a quedarme sobre tus posturas.

Fue en esa fiesta casera a fin de año. No hace mucho que pasó en realidad, ¿lo recuerdas?

—Samuel, no tienes por qué continuar con esto.

—No interrumpas la historia.

—No eres alguien malo, no tiene por qué ser así.

—¡Déjame contar lo último de la historia!

—No, debes detenerte. Piénsalo, si continuas, piensa en lo que te puede pasar.

—No pasará nada conmigo, ni contigo. Sólo déjame contar la historia.

—Podría pasar algo, si tan sólo pensaras en lo que estás haciendo. ¡Por favor, Samuel! Enfríate la cabeza, o algo, ¡no puedes estar haciendo tantas mamadas juntas!

—¡Que escuches mi pendeja historia! Verga. Ya casi termino con esto, ¿o acaso esto no lo quieres escuchar? ¡¿No quieres saber lo que yo sentí en ese momento?! ¡Por favor! ¡Si fuiste tú quien lo planeó todo! ¿Y ahora resulta que eres muy sensible como para escucharlo?

—Por supuesto que no lo quiero escuchar, Samuel, no mames, ¿quién querría escuchar algo así?

—¿Quién querría hacer algo así? Tú. Tú lo pensaste, tú lo ideaste, tú lo llevaste a cabo, ¿y que no quieres escuchar? ¡Es una tremenda mamada que te hagas el inocente en este punto! No mames, agárrate los putos huevos y ya cállate, no tienes nada que estar abogando.

—Está bien, bien, Samuel, perdóname. Ve al psicólogo, supéralo, o algo. Perdóname…

—¡Ya cállate! ¿Qué pedo? Sólo, sólo cállate. Samuel debe sacar todo lo que siente, déjalo que se exprese.

Ricardo te soltó un madrazo.

—Gracias, mi vida, continúo entonces.

Yo no quería ir a esa fiesta, nunca había asistido a una. Richi insistió demasiado en ir. Nos hallábamos en mi casa antes de eso, por motivos evidentes, yo, nosotros, ya no podíamos pasarla en su casa. Acepté su propuesta, se veía contentísimo con la idea de asistir, negarle algo a esa carita me era imposible.

Llegamos sin saber que estarías ahí, por lo que, ante tal sorpresa, tuvimos que fingir que ambos estábamos por nuestra parte. Me senté cerca de la cocina, me bastaba con ver cómo mi amor se divertía. Entre tanto, alguien se acercó a mí, me ofreció una bebida. La acepté, jamás me había confiado antes, ante un extraño. No supe distinguir el sabor a si tenía algo extraño, o malo, mezclado. Yo no bebía alcohol, por lo que desconocía sus efectos y el sabor, aunque la bebida no parecía tener algo anormal. Recuerdo haberme mareado al pasar de los pocos minutos. Ricardo se preocupó, se dispuso a cuidar de mí con la excusa de que me encontraba mal y no podía dejarme así. Su atención hacia el resto se había inhabilitado.

Te molestó.

Comenzaste a reprochar con que yo era una carga para la diversión de Ricardo de esa noche. Los demás te apoyaron en eso, así que decidieron llevarme hacia uno de los cuartos de esa casa.

«Estará bien, sólo dormirá un rato» —le decían a Richi para que dejara de negarse ante aquella tan egoísta idea.

Yo y apenas podía sostenerme de pie, no pensé en refutar tu plan.

Son breves los lapsos que aún hallo en mi memoria. Apenas enfocaba mi vista a las luces del cuarto, me cegaba al abrir los ojos. Eran simples ráfagas de luz para mí. Fui recostado en la cama, al tiempo de sentir a mi presencia desvanecer, miraba al techo. Intenté dormir, eso habían dicho que hiciera. No pude, la cama daba vueltas. Cerré mis ojos y concentré todo en mi respiración, pero el sonido chillante de la puerta me desconcentró. Una desconocida chica había entrado al cuarto. Ella se sentó en la cama, junto a mí.

Al inicio no reaccioné mal.

«Estará cansada» —creía yo.

Traté de seguir en lo mío. Comencé a sentir su fría, y seca mano rosar mi abdomen. Los escalofríos surgieron de inmediato. Ella, agarró mi cinturón, y, con bastante silencio, me lo quitó.

«¡¿Qué chingados estás haciendo?!» —pensé, pero no podía pronunciar bien las palabras. Todo se quedaba en suspiros.

El miedo invadía con atrocidad a mi agitación. Si no podía ni sostenerme de pie, ¿con qué fuerzas podría quitármela de encima? Poco tardó para que mi pantalón ya no estuviera en mis piernas. Sus manos seguían, sin cuidado, recorriendo mi cuerpo, me sentía impotente. ¡Repugnado! A duras penas, y pude pronunciar algo: «no». Y repetía. Ella se reía con eso.

De verdad quería hacer algo para detenerla, pero no podía, de a intervalos sentía cómo me dormía, desvanecía, y despertaba con el corazón agitado porque alguien me estaba tocando. Yo me encontraba, enteramente, vulnerable, sin nadie a mi alrededor que me pudiera ayudar. Nadie me escucharía si intentaba gritar, ni siquiera yo lograba escuchar mis gritos.

Ella paró por un momento, y se fue subiendo más a la cama, al tiempo, me iba arrebatando la playera.

Con sus manos, me tomó de la barbilla de una manera muy brusca, y me habló al oído:

«Eres un hombrecito, no deberías estar llorando».

Seguido de eso, aquella chica metió su inmunda mano congelada debajo de mi bóxer. Yo lloraba más. Me dolía. Dolía lo que sea que estuviera tratando de hacer. Dolía tanto estar en semejante situación, que, con dificultad, comencé a quejarme.

«Me encanta cómo te escuchas», me dijo tan cerca, mientras que seguía abusando de mí.

En ese preciso momento, al escucharla, con toda la energía que pude, traté de alejarme y gritar. Se sintió, como si hubiese despertado, aún con todo el cansancio de mi cabeza.

Me habían podido escuchar. La puerta se abrió. Del otro lado, se posicionaban casi todos los chicos de la fiesta. Ellos festejaron al verme, y al ver a esa chica.

«¡Ya eres todo un hombre! «No esperábamos algo así de ti» «¡Vas con todo!» «No mames, y yo creí que eras joto» «¿Necesitas privacidad?».

No podía creerlo. Estaban celebrando, celebraban el peor de mis sufrimientos. Mi llanto no cesó, temblaba con la desesperación en mi rostro, ¡y todos festejaban!

Así que les grité:

«¡Nada de eso está pasando!» «¡Ni siquiera la conozco!» «¡Ella se metió aquí, y aprovechó mi falta de custodia para hacer de mí lo que quisiera» «Comenzó a abusarme, a propasarse, ¡¿no lo entienden?!», mi voz se estaba entrecortando.

 Todo fue peor al terminar de hablar.

«Ella te estaba haciendo un favor» «¿Cómo es que la puedes

rechazar?» «No la acuses así, sólo te estaba ayudando» «No mames, sí eres joto».

Y, lo peor:

«¡Por favor! Samuel, ¿qué te va a estar violando ella? Eso ni existe, lo que deberías de estar disfrutando, no mames.

«Debería de estar disfrutando» ¿Debía disfrutarlo? Si bien sabías mi gusto por Ricardo. ¿Por qué carajos debía de disfrutarlo? ¡Quien disfrutó de todo eso fuiste tú! ¡El verme berreando semidesnudo fue en completo tu deleite! Aun estando así, tú te acercaste, y con tremenda prepotencia me sostuviste del mentón.

«A ti no se te puede hacer ni un favor».

Escupiste en mi cara esas palabras. Después, me lanzaste al suelo.

Fuiste muy tranquilo al salir de la habitación junto al resto, dejándome ahí, con indiferencia, tumbado. Allí fue cuando confirmé que, la clemencia, no va a la par con tus actitudes.

Richi estaba en el fondo, no se fue con ustedes. Tampoco me defendió. Prefirió guardar silencio, visualizando la humillante escena. La mirada le temblaba, estaba paralizado. Pude ver bien sus ojos abrumados, desbordantes de lágrimas, acompañando a su boca titubear. Se notaba, en extremo, que para nada disfrutaba lo que me habían hecho pasar.

Lloró horrible, creo, incluso más estruendoso que yo.

«Perdóname, perdóname, Samuel, yo...», apenas y susurró. Se estaba acercando con lentitud hacia mí. «Perd, perdón, perdón, dóname, perdóname, esto, mi culpa, yo...»

Era incapaz de hilar sus ideas con sus palabras.

Se arrodilló frente mío, y me abrazó con todas sus fuerzas, tomándome de la nuca, acercando mi cabeza a su hombro. Se sentía su corazón tan agitado, parecía tratar de salirse de su sitio.

No paró de pedir perdón, de implorarlo, y, con un tono bastante arrepentido me dijo:

«No he podido cuidarte, te dije que lo haría, y no pude hacerlo. ¡No te cuidé!».

El llanto que sostenía se volvía más potente. Sollozaba. Y, del pesar del ambiente, yo también lloré a su lado. Me sentía repulsivo. Las manos frías de esa chica seguían impregnadas en mí. No dejaba de sentirlo, aunque la cálida presencia de Richi estuviera ahí.

Lo alejé de mí. Era incomodo que me abrazara dentro de esa situación. No merecía que me tocara al encontrarme tan corrompido.

«No es tu culpa», le dije. «Tú no tienes nada que ver con lo asquerosa que llega a ser la vida humana. Ellos lo planearon, te involucraron, y, por tu temor, no podías hacer algo. Nada de esto es tu culpa».

Richi se secó las lágrimas con las manos. Su respiración seguía agitada. En silencio, se levantó, y agarró mi ropa, disponiéndose, con amabilidad, a ponérmela. Yo aún me sentía un poco plasmado. Seguía sentado, no quise hablar, así que agarró mi celular y llamó a mi madre para que pasara por nosotros. También llamó a su padre para decirle qué pasaría la noche en la fiesta. Me pidió el favor de quedarse en mi casa.

Mi mamá es una mujer agradable. Casi no hizo preguntas, y recibió a Richi como siempre. La charla en el camino fue nula, para ella, sólo la habíamos pasado mal. No quise que se preocupara.

Platicamos demasiado esa noche. Ninguno de los dos queríamos ocultarnos más, no queríamos ser, sólo un error en la sociedad, pero durante el dialogo, no llegamos a algo exacto como para solucionarlo. Nos distrajimos con chistes, justo como en la secundaria. La unión que teníamos volvió a surgir con naturalidad.

Nos quedamos dormidos con plenitud a causa del ambiente pacifico que de nuevo nos pudo poseer. A horas de estar dormidos, mi subconsciente, se alguna manera, aún trataba de descubrir qué era lo que yo había hecho para que tu odio hacia mí llegara a tal grado. Que fueras el soplón de mi relación pudo ser por resentimiento al castigo que se te otorgó de niños, ¿pero por qué te aferrabas demasiado? ¿Qué era lo que ganabas? No tenía sentido, no, hasta que se manifestó la idea. Estaba claro, pude entenderlo por fin. Todo, era un teatro para ganarte a Richi. Trataste de separarnos desde el inicio, y no pudiste. Por eso diseminaste nuestra relación. Sabías que lo obligarían a irse, y así, me dejaría solo. Cuando te enteraste de su regreso, no podías perder la oportunidad de ser tú quien estaría a su lado, ¿cierto? Todo porque te enamoraste de él. ¡Te enamoraste de mi novio desde el primer día que lo viste entrar a la escuela!

—Eso no es cierto —dijiste. Tenías un gesto de asombro, y tus palabras se cortaban.

—¡Cómo no va a ser cierto! Si hiciste todo esto por él. Me has destruido sólo por querer conseguirlo a él. ¿Cómo pudiste creer que te querría? ¿Cómo, siquiera, creíste que comenzabas a caerle bien? Después de haberle la vida miserable, ¡de separarlo de a quién sí ama! Quiero que se te grave esto de una buena vez. ¡No eres más que un maldito cobarde al refugiar tus deseos diciéndome maricón!

Pero bueno, siguiendo con esto. Esa noche desperté intranquilo, y entre sudor, al pensar en esa posibilidad. Ricardo despertó asustado por mi repentina, y agitada, actitud. Ya tenía también la solución para que no volviéramos a sentir un dolor como el que tus comportamientos nos llevaron a soportar.

Le conté el plan: él seguiría con ustedes, como si nada hubiese pasado. Yo estaría ausente por unos días, mientras que conseguía lo necesario. Para ustedes, esa ausencia sería de tristeza. Al final de todo esto, Richi los invitaría a un lugar desierto, abandonado, con la pinta de asistir a una fiesta.

«Los demás ya han de estar allí, llegamos tarde», les dirá.

Sólo faltaba que tú, y tus amigos, llegaran a la par. En compañía de él. Estaba claro que le creerían, ¿por qué desconfiar de la linda alma que posee Richi?

La cosa fue así: cerré todas las entradas. Las ventanas fueron bloqueadas por dentro, y yo, quien no poseo mucha fuerza física, sería por la espalda que aniquilaría a tu acompañamiento, y, cómo puedes observar, eso ha funcionado de maravilla.

¡Tan fácil que fue!

Uno, otro, tras otro, y otro, tras otro; piu, piu, piu, piu —dijo al estar apuntando con el arma hacia sus alrededores, como recreando la escena—. Y aquí estás tú.

Cuando Ricardo escuchó mi plan, sin pensarlo, me suplicó.

«Mátame a mí también, quiero que me amenaces igual que al resto, y me mates ahí».

Me negué, sin duda, y, tomándolo de la cara, le dije en un tono muy severo:

«Escúchame bien, yo jamás te haría eso, no puedo hacerte algo así», pero me interrumpió diciendo que yo debía hacerlo.

«No soy mejor que el resto. Fui malo contigo, y no pude cuidarte como tanto hubiera querido, Samuel. Así que sí, debes hacerlo, lo merezco, merezco irme con toda esta mierda». «Por favor mátame, debes tenerme igual que al resto cuando estemos en ese lugar. Hazlo por mí».

—¡Ya! ¡Lo admito! ¡Pero no le hagas nada a él! Hice todo porque me obsesioné, en verdad me gustó, pero él prefirió quedarse contigo, y, yo, ¿¿qué carajos te ve a ti?! ¡Es que no lo entiendo! ¡Prefirió estar contigo desde el principio! ¿Qué mierda? ¡Eso no era nada justo! ¿Qué tienes tú? Nada, ¡nunca has tenido nada!

—¡¿Todavía te crees con el derecho de seguirme insultando?! ¡No mames, cállate!

—No, no me callaré. ¡No lo hagas! ¡No lo mates! Él no merece nada de esto.

—No me importa lo que tú creas que merezco.

—Pero, Richis, no lo mereces. Hasta Samuel sabe que no lo mereces. ¡Todo es mi culpa! Soy el único responsable.

—Sabemos que es culpa tuya, pero tu arrepentimiento ya no nos importa.

—Debes pensarlo, Samuel. Rich no tiene nada de culpa. Lo has estado repitiendo múltiples veces dentro de tu historia: él es alguien pulcro ante ti. ¿¡Por qué acceder a hacerle esto?! ¿Por qué terminar con él también? ¡Si sabes muy bien que no lo merece!

—¡Cállate! ¡A ver, cállate! ¿Qué pedo? No quiero escucharte.

No me importa lo que tengas para decir. He tomado una decisión. No estoy aquí para perdonarte, ni mucho menos para saber tu opinión —la mano le temblaba al estarte apuntando.

No podía razonar bien. Con ambas manos, sostuvo el arma.

—Samuel, escúchame, por favor…

No te dejó terminar la oración. Fue un disparo limpio en el cráneo, haciendo, que al fin volviera a sonreír al terminar del estruendo. El mal, para Samuel, había terminado contigo, pero para que todo mejorara, aún le faltaba un pequeño detalle.

En el cuarto, el único que quedaba era Ricardo, quien se había estado cubriendo los ojos desde que la bala fue disparada.

Miró a Samuel después. No suplicó. Afrontaría su destino sin más.

Samuel se acercó, y posó su mano encima de su rostro. Sintió su suave mejilla por última vez. Las lágrimas mojaban su pelo. Tenía las pestañas empapadas, casi no podía ver.

Decidió dirigirle unas últimas palabras:

—Fuiste lo más puro que este inmemorable mundo trajo a la vida. Para mí, tú siempre serás lo mejor del ser humano. Ese que me exilió de mi soledad, que me mostró que podía haber algo mejor que ello, que, podía ser feliz con alguien a mi lado, y que no debía reprimir mi tristeza, ya que podía confiar en ti para recibir consuelo. Llegaste al punto de ser la representación de mis anhelos, de mis deseos, pero, sobre todo, Richi, tú fuiste mi gran y único amor. Es por eso por lo que soy incapaz de hacerte daño alguno.

Tomó su arma, y la direccionó, sin deplorar, a un costado de su cabeza.

—A partir de ahora, para ti, mi amor, todo va a estar bien.

Elliot Kendryek

ACERCA DEL AUTOR

Elliot es un chico trans nacido en la ciudad de Puebla (2003). No tiene contemplado cambiar sus papeles, así que posee muchos nombres. Actualmente estudia lingüística y literatura hispana en la Benemérita Universidad Autónoma de Puebla.

Made in the USA
Monee, IL
21 September 2023

43105063R00104